2021 우리들이 주인공인 이야기 발전소

『우리들의 첫 책쓰기』

『우주이발소』 2021년 5기 프로젝트(Since 2017)

동북중학교 우주이발소 회원들

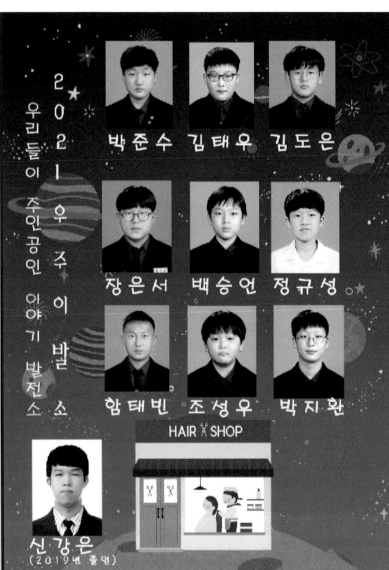

우리들이 주인공인 이야기 발전소

2021 우주 이발소

박준수　김태우　김도은

장은서　백승언　정규성

함태빈　조성우　박지환

신강은
(2019년 졸업)

우주이발소 History(Since 2017)

2017 우주이발소(『시와세계』, 392p 12,000원)

2018 우주이발소(『부크크』, 12,600원)

2019 우주이발소(『부크크』, 7,900원)

2020 우주이발소(『부크크』, 190p 12,400원)

2017 교육부 독서·책쓰기 우수동아리 선정
(사진 : 서울시교육감 책 전달식)

2017 우수동아리 사례발표(서울시 교육청)

우주이발소

한상규

우주이발소엔
우주인도 있고
이발소도 있고
머리를 다듬는 이발사도 있다.

우주이발소엔
벌레들이 자라고
나무들이 자라고
333호 개미가 인간을 지배하고
프리미어리그의 강팀들이 공을 찬다

우주이발소에선 우리들이 주인공인 시간이
5G의 속도로 느려지지도 빨라지지도 않게 지나간다.
우주이발소에선 우주선이 행성 주위를 돌며 가느다란 고리를
면도한다.

우주이발소
2017년부터 학생들의 글을 모아 만든 책의 제목
우리들이 주인공인 이야기 발전소의 줄임말
우주에 쏘아올린 이발소
글을 파는 아무도 오지 않는 편의점

한상규 ▮ 시인 · 동북중학교 우주이발소 지도교사

차 례

2021 우주이발소를 열며

글쓰기에 대한 단상斷想

0. 시작하기 전에

이 글은 '책을 처음 쓰는 저의 후배에게 하는 이야기'라는 느낌으로 적었습니다. 만약 저보다 어른이라면 넓은 아량으로 제 거친 문장을 이해해주시고, 글쓰기 고수분이라면 후배의 부족한 이야기니 웃으며 봐주세요. 그리고 어디까지나 주관적인 글이니, 이 글을 읽을 모든 분은 쓰고 싶은 것을 쓰면 됩니다. 분명 저보다 멋진 결과가 있을 테니!

1. 인사

책에 넣는 목적으로 처음 글을 쓴 게 벌써 3년 전이네요. 여러 일이 있었지만, 대부분 자랑스레 이야기할 일은 아닌지라, 또 몇 안 되는 자랑거리조차 잘 풀어낼 필력도 없는지라 다시 글 쓸 일은 없을 거로 생각했는데…. 한상규 선생님의 부탁이 들어와 그때의 기억을 더듬어 글쓰기에 대해 간단한, 그렇지만 저만의 이야기를 해보려 합니다.

2. 첫 문장을 쓸 때

아마 그런 경험 있을 겁니다. 학교 수행이나 친척에게 편지 쓸 때, 첫 문장을 계속 쓰고, 지우고, 쓰고, 지우고…. 저의 경우, 첫 소설 쓰기에서 첫 문장을 쓴 시간이 그 다음 15문장 정도를 쓴 시간과 비슷했습니다. 정확히는 기억나지 않지만, 아마 1시간 넘게 걸린 것 같네요. 이런 일이 일어나는 이유가 뭘까? 시작했을 때는 알 수 없었고, 소설의 윤곽이 거의 다 잡혔을 때 첫 문장을 보니 짐작이 갔습니다. 저는 첫 문장을 잘 써야 이후 글이 잘 적힐 거란 무의식적인 걱정에 그토록 고민했지만, 어느 정도 쓰고 나니 알게 되었습니다. 첫 문장은 별 상관없다는 것을. 오히려 그 뒤로 주르륵 쓴 15문장이 훨씬 마음에 들었고, 첫 문장은 2분 정도 수정하니 더 이상 고민할 게 없었습니다. 만약 첫 문장부터 막히는 분들이 있다면 처음에 적힌 대로 놔두고, 다음 문장을 적어보세요. 쓰고 싶은 이야기가 있는데, 첫 문장에서 막혀 못 쓰는 건 아깝잖아요? 제가 고민했던 그 시간에 여러분은 쓰고 싶은 이야기를 한 문장 더 적는 게 훨씬 유익하리라 믿습니다.

3. 쓰면서 막힐 때

글을 쓰면 참 신기할 때가 많았습니다. 20분간 한 문장을 못 적을 때도, 10분 만에 한 페이지를 채울 때도 있었죠. 어떨 때 그런 일이 일어나는지 알았다면 글이 술술 적히는 마법의 비법을 전해드릴 수 있었겠지만, 아마 그걸 알려줄 수 있는 사람은 세상에 없을 겁니다. 그렇기에 제가 드릴 수 있는 팁은 주어진 시간에 책 분량 채우는 걸 돕는 방법입니다.

첫째로, 매일 최소분량을 잡아보세요. 많지 않아도 됩니다. 아니, 많지 않게 잡아야 합니다. 자신이 부담 없이 쓸 수 있는 양으로 잡고, 그만큼은 꼭 쓰고자 하면 일상의 비는 시간에 글쓰기를 의식하게 될 겁니다.

중요한 건 그 '생각'입니다. 처음 책을 썼을 때, 저를 포함해 같이 시작한 10명 중 목표량을 다 채운 것은 3명이었는데요. 그 셋과 일곱의 차이는 뭐였을까요? 노트북을 잡고, 글을 쓰고자 많은 시간을 쓴 친구는 일곱 명 중에서도 있었지만, 매번 모였을 때, 글에 대해 생각한 것이 있었던 것은 그 세 명이었습니다. 분량은 결국 글에 대해 생각한 만큼 나왔습니다. 자리 잡아서, 시간 정해서 노트북 앞에서 고민해도 좋지만, 짧게 생각한 것들이 모이면 최소분량은 넘고도 남을 겁니다.

둘째로, 뭔가를 하며 남는 시간에 해보세요. '자투리 시간을 활용해라.'라는 조언은 잘 알겠지만, 어쩌면 더 중요한 이유가 있습니다. 글 아이디어는 의외로 글쓰기를 온전히 의식하지 않을 때, 즉 다른 일을 하면서 문득 떠오르는 생각에서 많이 나옵니다. 저만 그런 게 아니라, 실제 전문 작가들도 그러며 심지어 수능특강 영어 지문에도 그렇게 나옵니다.

제가 처음 쓴 소설이 A4크기에 10pt로 70페이지 정도였는데, 40%를 4시간 동안 기차 타며 적었습니다. 조그만 공책도 좋고, 노트북도 좋고, 휴대전화기나 패드도 좋습니다. 문득문득 비는 시간에 적다 보면 어느 순간 상상 이상의 뭔가가 나올 겁니다.

셋째로, 다 쓰기 전까지 혼자 쓰세요. 자신이 쓴 고치지도 않은 글을 누군가에게 보여줄 만큼의 용기와 어떤 말에도 흔들리지 않을 멘탈이 있다면 상관없는데, 저는 다른 사람이 쓰고 있는 저의 글을 보면 굉장히 위축되더라고요.

글 쓸 때는 뻔뻔해야 합니다. 결과가 어떻게 나오건, 쓰는 중에는 아무 거리낌 없이 쓰세요. 위축될 만한 말이나 평가는 아예 듣지 않는 걸 추천합니다. 퀄리티요? 미래의 여러분이 알아서 할 겁니다. 바로 아래 소개할 '퇴고' 과정에서 말이죠.

4. 퇴고할 때

위대한 작가 어니스트 헤밍웨이는 명저 '무기여 잘 있거라'를 50번 정도 고쳤고, 빅토르 위고의 '레미제라블'은 19년간 집필됐는데, 2년간 쓰고 17년간 고쳤다고 합니다. 그만큼 글을 쓰고 난 뒤의 퇴고는 쓰는 과정만큼, 아니 훨씬 중요합니다. 기억하세요. 퇴고 시간과 질은 비례합니다.

동시에, 가장 고통스러운 과정이기도 합니다. 열심히 쓴 부분을 잘라내야 하고, 보충해야 할 부분이 수없이 보이고, 무엇보다 절대 한 번으로 끝날 수 없는 작업입니다. 이에 대해 제가 과거 중학교 시절에 다녔던 남산도서관의 예비작가 교실의 강사님이 말씀하셨습니다. "퇴고는 아침에 보이는 것과 저녁에 보이는 게 다르다." 한 번 끝내고 나서 다시 보면 또 고칠 게 나오고, 이전 과정에서 분명 고쳤다고 생각한 걸 다시 고쳐야 하기도 합니다. 저 역시 이런 말 할 처지가 되나 싶습니다. 제가 친구 중 퇴고를 가장 싫어했거든요. 그러나 퇴고 후의 글을 보고 글쓰기 경력 8개월의 저도 퀄리티가 올라간 것이 눈에 보였던 만큼, 퇴고를 안 권할 수도 없는 일이었습니다. 제가 사용했던 퇴고가 조금은 수월해지는 방법을 소개해드리고자 합니다.

다른 사람에게 읽어주세요. 굉장히 쪽팔리고, 부끄럽겠지만 입으로 말하는 것은 눈으로 보는 것과 완전히 다릅니다. 자연스레 읽으면서는 알수 없던 고칠 부분을 알게 됩니다. 또한, '누군가에게' 읽어주는 것도 굉장히 유용합니다. 여러분이 보지 못한 보충할 부분, 어색한 부분을 알려주고, 내용에 추가할 아이디어도 얻을 수 있습니다. 물론 퇴고도 안 하고 부족한 문장이 소문나기라도 하면 곤란할 테니 읽어줄 대상은 가족이나 정~~말 믿을 수 있는 친구로 하세요. 저의 경우, 어머니가 도와주셨지만, 가장 추천하는 사람은 같이 글쓰기를 하는 친구입니다. 서로 읽어주면 퇴고도 같이 되고, 서로의 문장과 내용을 참고할 수도 있고, 무엇보다 소문나면 복수도 할 수 있으니까요.

5. 쓰고 나서 한참 지났을 때

지금까지는 제가 글을 썼던 방법과 조언들이었다면, 여기서는 책을 쓴지 3년이 넘은 제가 지금 느끼는 걸 얘기할까 합니다.

저는 4년 전 중학교 2학년일 때 1학년 담임 선생님이었던 한상규 선생님이 만든 책쓰기 동아리에 들어가면서 처음 책을 쓰게 되었습니다. 당시에는 그 모든 과정이 엉망이었다고 생각했는데, 지금 돌아보니 당시 생각했던 것보다 더 엉망이었네요. 그때 쓴 글을 읽어보면 한숨과 부끄러움만 가득합니다. 괴로운 초고 쓰기와 힘겨운 퇴고하기를 거쳐 소설 한 편을 쓰고, 3학년 때 이를 거울삼아 한 번 더 도전했습니다. 결과는 어땠냐고요? 오히려 중2 때 쓴 게 더 잘 쓴 것 같습니다.

과정은? 더 힘들면 힘들었지 쉽지는 않았습니다. 전보다 보이는 건 많아지니 쓰는 건 더 움츠러들고, 더 괜찮은 소재를 고르려다 시작도 못하고 주제를 바꾸기도 했습니다. 다시 하고 싶은 경험이냐고요? 네. 정말 다시 한번 하고 싶은 경험입니다.

이유는 여러 가지가 떠오릅니다. 책 쓴다는 핑계로 자유로이 쓸 수 있는 컴퓨터, 다 쓰고 기념으로 먹는 치킨, 서로의 글에 웃으며 하는 이야기 (대부분 웃기려는 의도도 없었지만요.) 등등.

하지만 가장 결정적인 이유는 글을 쓰는 그 당시에는 알 수 없었던 완성된 글을 보면서 그 과정이 얼마나 즐겁고 몰입되는지를 깨닫는 순간 때문입니다.

글을 쓸 때, 우리는 누구보다 뻔뻔하고, 전능한 존재가 될 수 있습니다. 원하는 등장인물, 이야기, 시대, 세계. 마지막 문장을 마칠 때까지 온전히 자기만의 세계를 창조할 수 있습니다. 퇴고 역시 그 순간에는 괴롭지만, 글이 더 좋아지는 그 순간이 뿌듯하지 않을 수 없고, 결과물이 완성된 순간은 엄청난 만족감을 느끼게 됩니다. 다시 읽으면 흑역사라고요? 그럼 안 읽고, 마음이 내킬 때 읽으면 됩니다. 누가 뭐라고 해요? 내 글이고, 내 세계이고, 남들이 해내지 못한 나만의 창작물인 것을.

중3 때 쓴 것을 마지막으로, 저는 책을 만드는 것을 목적으로 글을 쓰지는 않았습니다. 그렇지만 시험 준비하며 스트레스 받거나, 수능을 생각하며 한숨 쉴 때면 문득 처음 책을 쓰며, 아무것도 모른 채 엉망진창인, 하지만 저만의 작품을 만들며 즐거워하던 순간이 떠오릅니다. 시간이 된다면 앞으로도 저만의 글은 계속 써나가고자 합니다. 그러나 앞으로도 처음 글을 썼을 때만큼 즐겁게, 쉽게, 순수하게 이를 즐기지는 못할 것이고, 그렇기에 그 경험을 다시 하고 싶습니다.

한 작가는 이렇게 말했습니다. '작가는 남들보다 글쓰기가 어려운 사람이다.' 참 다행 아닌가요? 우리는 작가가 아니잖아요. 퀄리티, 판매량, 작품성 다 신경 쓰지 않고, 자기만의 세계에 푹 빠져 놀면 됩니다. 그리고 처음 펜을 잡는 여러분을 저는 누구보다 부러워하고 있음을 기억하며 그 모든 순간을 즐겨주세요. 분명 부끄럽지만, 다시 돌아가고 싶은 추억이 될 겁니다.

끝으로, 머리말을 한 번 재탕하겠습니다. 결국, 중요한 건 쓰고 싶은 게 있을 때 쓰는 겁니다. 그러니 그냥 한 번 써 보세요. 분명 저보다 멋진 결과가 있을 겁니다. 이미 글을 쓰시는 분들과 앞으로 글을 쓰실 분들 모두 파이팅이며, 부족한 글을 읽어주심에 감사드립니다.

바둑인

어차피 글을 제일 잘 쓰려면 내가 쓰고 싶은 이야기를 써야 했고 그건 딱
하나 있었다. 바둑. 내 인생의 절반 이상을 투자한 그것이 내가 써야 할
글이었다.

바둑인

나는 바둑에 대해 모든 것을 안다고 할 수 없다. 단수는 단증으로는 아마추어 1단, 오로 바둑 사이트에서는 아마추어 3단이다. 내가 여기에서 하는 이야기는 나의 주관에 관한 것이며 당연히 틀릴 수도 있다는 것을 알린다.

0. 긴장

이 세상에는 두 종류의 사람이 있다. 긴장했을 때 자신의 실력을 제대로 발휘하지 못하는 사람, 긴장하면 오히려 자신의 실력이 120% 발동하는 사람. 나는 후자라고 당당하게 이야기할 수 있다. 그리고 바둑은 이런 내 성격에 아주 잘 맞았다. 고수와 바둑을 둘 때의 긴장감, 온라인 바둑을 둘 때의 긴장감, 전에 졌던 상대와의 재대결에서 오는 미세한 복수심, 대회에서 바둑을 둘 때의 온몸의 미세한 떨림이 있었다. 그리고 그 자그마한 진동은 '박준수'라는 거대한 장벽을 무너뜨리는 데 그리 오랜 시간이 걸리지 않았다. 그렇게 나는 바둑인이 된 것이다.

1. 바둑에 관하여

바둑은 두 선수(편)가 정해진 규칙에 따라 흑과 백의 바둑돌을 바둑판의 교차점에 교대로 한 수씩 놓은 후 집과 잡은 돌을 더해 그 합이 많은 쪽이 이기는 경기이다.[1]

---

1) 대한바둑협회

이 글에서 나는 진정한 바둑이 무엇인지에 대해 어려운 이야기를 하고자 하지는 않을 것이다. 어차피 나는 모르는 것이 많은 중3짜리 학생이기 때문에 바둑에 대한 정확한 정보를 전달한다기보다는 내가 느끼고, 내가 생각하는 바둑을 설명하겠다.

바둑을 부르는 말에는 다양한 것들이 있다. 바둑이 예술이라는 사람도 있고, 바둑은 스포츠라는 사람도 있고, 바둑은 게임이라는 사람도 있다. 바둑은 싸움이다. 흑을 두는 사람과 백을 두는 사람이 바둑판과 바둑알이라는 도구를 사용해서 간접적으로 피가 터지게 싸우는 싸움이다. 단순히 주먹으로 때리거나 폭언 등을 하는 것만이 싸움이 아니다.

70~80년대 일본의 3일 바둑이라는 것이 있는데, 3일 동안 바둑판 위에서 치열하게 싸우는 모습을 단 한 번이라도 봤다면 바둑을 싸움이라고 할 것이다.

2. 바둑의 도구

이런 바둑을 두기 위해서는 여러 가지 도구가 필요하다. 우선 바둑판이 필요하다. 바둑판은 나무로 된 판에 9X9, 13X13, 19X19 등의 직사각형의 격자무늬를 그려놓은 것이다. 주로 19X19의 361곳을 둘 수 있는 바둑판을 많이 두고 나머지는 학생들이 배우거나 하는 등의 특수한 경우에만 둔다. 바둑판을 정사각형이라고 생각하는 사람이 많은데 실제로는 42cm, 45cm의 직사각형이다. 세로의 길이가 가로의 길이보다 조금 긴데 이것을 반대로 두면 상관은 없으나 바둑에 대해 조금이라도 아는 사람이 본다면 폭소할 수도 있으니 세로가 길게 두는 것이 낫다. 또한, 바둑판은 바둑알을 놓는 신성한 곳이기 때문에 될 수 있으면 찍거나 위에 무언가를 흘리지 않도록 조심해야 한다. 무언가를 흘렸을 때 그 즉시 닦아내지 않으면 나무에 스며들어 썩을 수도 있기 때문이다.

바둑판이 있다면 바둑알이 있어야 한다. 바둑알은 검은색과 흰색이 있으며 그 양은 한 판을 충분히 둘 수 있도록 150개에서 200개 정도씩 있다. 바둑알의 크기에 대해서는 조금 재미있는 사실이 있다. 많은 사람이 검은 돌과 흰 돌의 크기가 같다고 생각하는데 평균적으로 검은 돌은 지름 22.2mm, 흰 돌은 지름 21.9mm로 검은색이 0.3mm 정도 크다. 또한, 두께도 검은 돌이 0.6mm 정도 두껍다. 이는 사람이 색을 볼 때 나오는 일종의 착시현상 때문이다. 사람은 같은 크기의 검은 돌과 흰 돌을 보면 검은 돌이 조금 작고 흰 돌이 조금 크다고 생각한다. 흰색은 빛을 반사하고 검은색은 빛을 흡수하기 때문에 사람의 눈이 그렇게 받아들이는 것이다. 그래서 바둑알을 만들 때 검은 돌을 조금 크게 만드는 것이다.

　여기에서 중요한 것이 하나 있다. 바로 바둑알로 알까기를 하면 안 된다는 것이다. 바둑알은 바둑판에 조심스럽게 내려놓아야 하지 손가락으로 튕겨서 다른 돌을 맞추는 것이 아니다. 바둑알이 다른 돌에 맞거나 바닥에 떨어지면 큰 충격을 받게 돼서 바둑알의 수명이 팍 줄어들게 된다.

　그러므로 앞으로 알까기를 하고 싶으면 싸구려 바둑알로 하거나 장기알로 하도록 하자. (바둑알로 알까기를 하게 되면 무조건 검은 돌로 해라. 이유는 위를 확인.)

　바둑판과 바둑알만큼 중요한 바둑 도구는 바둑알 통이 있다. 바둑알 통은 단순히 바둑알만 담아놓는 곳이 아니다. 통의 뚜껑을 열고 바둑을 할 때 큰 통에는 아직 두지 않은 바둑알들을, 통의 뚜껑에는 내가 따낸 돌들을 담아서 나중에 혼란이 생기지 않도록 하는 것이다. 그렇기에 바둑알 통도 소중히 보관해야 한다.

3. 바둑의 규칙

바둑을 둘 때 가장 중요하게 생각해야 하는 것이 있다. 바로 배려와 존중이다. 바둑이 일반적인 싸움과 다른 점이 여기에서 생긴다. 바둑을 둘 때는 어떤 얘기도 해서는 안 되며 주변에서 훈수를 두는 것도 눈살을 찌푸리게 하니까 지양해야 한다. 내가 이기고 있을 때는 상대를 무시하거나 깔보면 안 되고 내가 지고 있을 때 이기려고 기를 쓰는 티를 내지 말아야 한다.

그렇다면 바둑의 규칙에 관해서 설명하겠다. 바둑은 흑과 백이 교대로 한 수씩 놓는 것이다. 이때 흑과 백을 정하기 위해서 '돌가리기'라는 것을 한다. (급수차이가 많이 날 때 흑이 돌을 깔고 시작하는 접바둑을 하지만 내가 설명하는 것은 맞바둑이다.) 돌가리기를 할 때 임시로 백을 잡은 사람은 돌을 한 움큼 쥔다. 이때 돌의 개수는 상대가 한눈에 알아맞히기 힘들 정도의 개수로 해야 하나 너무 많이 가져가면 민폐이므로 20개 안쪽으로 가져가는 것이 좋다. 그럼 흑은 검은 돌을 한 개나 두 개를 가져간다. 그것으로 백의 돌을 홀짝을 맞추는 것이다. 그래서 맞추면 흑이 그대로 흑을 가져가고 맞추지 못하면 백을 가졌던 사람이 흑을 가져간다. 이때 그냥 두면 먼저 두는 흑이 압도적으로 유리하므로 백에게 6집 반이라는 덤을 준다. 덤은 실제로 돌이 오가는 것은 아니고 간단히 백이 6.5집을 가진 채 시작한다고 생각한다. 이 수치는 중국에서는 7집 반인 등 여러 수치가 있지만 여기는 한국이므로 한국바둑의 규칙인 6집 반으로 하면 된다. 흑과 백의 승률은 백이 아주 조금 미세하게 높으나 거의 같다고 봐야 하고 실제로는 자신의 기풍에 따라 선호하는 돌이 갈린다. 필자는 백으로 두는 것을 좋아하며 승률도 백이 좋은 편이다.

흑과 백을 정하면 흑이 먼저 두기 시작해서 번갈아 가며 두면 된다. 이때 두면 안 되는 것이 네 가지 있다. 첫 번째로는 네모 칸 안에 두면 안 된다. 바둑돌을 두는 위치는 선과 선이 만나는 교차점에 두는 것이기 때문에 네모 칸 안에 두면 안 된다.

두 번째로는 돌 위에 두면 안 된다. 돌을 따내고 빈자리에 두는 것은 상관없으나 돌이 버젓이 놓여있는데 그 위에 두는 것은 허용되지 않는다. 물론 이것은 하기 매우 어려울뿐더러 평범한 사람은 생각조차 하지 않지만, 혹시 몇몇 비범한 사람들이 이것을 본다면 명심하길 바란다.

세 번째는 착수금지다. 돌의 바로 위, 아래, 양옆에 직선으로 연결된 교차점을 활로라고 한다. 연결된 돌의 활로는 각 돌의 활로를 합한 것이며 겹치거나 다른 돌이 막고 있는 것은 활로에서 제외한다. 이때 내가 그곳에 착수하면 내 돌의 활로가 없어지는 곳에는 돌을 놓을 수 없다. 상대방이 내 돌을 따내는 형태가 되기 때문이다.

네 번째로는 패가 있다. 이건 조금 특수한 경우다. 한 사람이 돌을 따내면 상대는 그 돌을 바로 따낼 수 있게 되는 모양이 있다. 그것은 무한 반복하게 되는데 그러면 그 바둑이 끝나는 것보다 우리 인생이 끝나는 것이 더 빠를 것이다. 그래서 우리 선조들은 이런 어이없는 상황이 나오지 않게 하려고 '패'라는 것을 만들었다. 위에 설명한 것과 같은 모양을 패라고 부르며 이런 상황에서 한 사람이 먼저 돌을 따내면 다음 사람은 바로 따내지 못하고 다른 곳을 한 번 두고 난 후 둘 수 있다. 이런 규칙 때문에 먼저 따내는 것을 놓친 쪽은 상대가 받을 수밖에 없는, 저 패를 잇는 것보다 내가 두 번 두게 될 때 더 이득이 클 곳을 두게 되는데 이것을 '팻감'이라고 하고 이 팻감을 잘 파악하는 것은 바둑을 잘 두기 위한 중요한 조건이다. 그렇게 팻감을 두고 상대가 받으면 패를 다시 따내고 그 상대도 팻감을 쓰게 되는데 팻감이 먼저 떨어진 쪽이 패를 지게 된다. 이를 가리켜 패라고 하는 것이다.

위의 네 가지는 바둑을 두면 안 되는 경우이다. 만일 이곳을 두게 되면 보통은 그냥 다시 두라고 하지만 상대가 불계승 처리해도 할 말이 없으므로 두지 말아야 한다. 그렇게 바둑을 두다가 끝내는 방법이 두 가지 있다.

첫 번째는 불계를 하는 것이고 두 번째는 계가를 하는 것이다. 불계는 흔히들 말하는 항복과 같은 것이다. 내가 바둑이 불리한 상황에서 도저히 역전할 기미가 보이지 않게 되면 바둑을 끝까지 두지 않고 끝내는 것으로 흔히 '돌을 던진다.'라고 표현한다. 대부분의 스포츠에서 항복은 치욕스러운 행위로 여겨져 잘 하지 않지만, 바둑에서는 오히려 어차피 질 바둑을 질질 끌면서 끝내지 않는 것이 오히려 비신사적이라고 한다. 그래서 몇십 수 앞을 내다보는 프로들의 바둑은 거의 불계가 많다. 하지만 상대적으로 수읽기 부족한 하수(두 자리 급수)들의 바둑에서는 다 끝나고 끝내기를 할 때도 역전의 기회가 있다. 그 외에도 끝내기 등의 후반 바둑을 공부하기 위해서 두 자리의 급수는 웬만하면 두 번째 방법인 계가를 한다.

한국 공식 규정에 따르면 계가는 집을 모두 짓고, 모든 공배를 메우고, 모든 패를 해소하고 난 후에 집을 세서 누구의 집이 더 많은 것을 가리는 것이다. 이때 잡은 돌은 들어내고 따낸 돌과 함께 상대방의 집을 메운다. 그리고 남은 집을 계산하고 백에 덤을 더해서 최종 승자를 가린다.

4. 바둑을 두는 방법

바둑을 두는 방법은 바둑돌을 쥐는 법부터 시작한다. 바둑돌을 쥐는 방법은 다음과 같다.

1. 바둑알 통에서 바둑알을 하나 꺼낸다.
2. 검지와 중지 사이에 바둑알을 낀다. (검지가 아래로 가고 중지가 위로 와야 하며 손가락의 마지막 마디에 바둑알을 껴야 한다.
3. 큰 소리가 나지 않게 바둑알을 살포시 내려놓는다.
4. 바둑알이 바둑판에 닿으면 그 이후 돌은 움직이지 못한다.

물론 예외가 있긴 하다. 손가락이 작거나 서툴러 바둑알을 정해진 방법으로 쥐지 못하는 사람은 그냥 쥐기도 한다. 그리고 할아버지들이 바둑을 둘 때는 바둑판에 바둑알을 두고 움직이는 경우가 있다. 공식 경기가 아니라면 상관없지만 두 번째 경우는 비매너에 해당하므로 지적하지는 않더라도 나 하나만큼은 하지 않는 것이 좋다.

바둑돌을 쥐는 방법을 알았으면 바둑을 두기 시작해야 한다. 바둑을 시작할 때 처음으로 두는 곳에는 보통 다섯 가지가 있다.

처음으로는 화점이 있다. 화점은 바둑판에서 귀퉁이(귀)에서 4번째 줄이 교차하는 지점에 있는 4개의 점을 이야기한다. 변에도 화점이 있긴 하지만 바둑을 시작할 때는 귀에서 시작하는 것이 일반적이므로 귀의 점만 이야기한다. 화점의 특징으로는 세력과 실리의 균형을 추구할 수 있다는 것이 있다. 그래서 바둑을 두는 가장 기본적인 수이고 초보나 하수들이 애용하는 수이다. 이런 이유로 정석도 가장 많다. 하지만 장점만 있는 것은 아니다. 상대가 3의 3에 착수할 경우 실리를 빼앗기기 때문에 실리보다는 세력의 의미가 강하다. 알파고의 3-삼 침입이 대유행을 끌면서 그 의미가 더욱 강해졌다.

두 번째로는 소목이 있다. 소목은 화점에서 한 칸 밑에 두는 수로 한 귀에 두 개의 소목이 있다. 소목은 화점보다 실리를 중하게 여길 때 두는 수이다. 실력이 향상되고 급수와 단수가 증가할수록 화점보다 소목을 애용하는 경향이 있다. 하지만 이것도 성향 차이이다. 소목을 두는 사람은 화점을 두는 사람만큼 많긴 하지만 꼭 고수만 소목을 두고 하수는 화점을 둔다고 생각하면 안 된다.

세 번째로는 고목이 있다. 세 번째부터는 보통 잘 쓰이지 않으며 30판 정도를 두어야 한 판 볼까 말까 한 수들이긴 하나 엄연히 있는 수이므로 작성하도록 하겠다. 고목은 화점에서 한 칸 위에 두는 수로 마찬가지로 한 귀에 두 개의 고목이 있다. 고목은 실리는 거의 포기하고 세력을 쌓겠다는 의미가 있다. 그래서 대부분의 정석이 상대방이 소목 자리나 3-삼

자리에 놓으면서 시작한다. 고목은 사람들은 호전적이고 공격이나 사활에 강한 사람들이 둔다.

네 번째로는 3-삼이다. 3-삼은 말 그대로 좌표로 따져서 (3, 3)이 되는 지점을 뜻하고 한 귀에 하나씩 있다. 3-삼을 첫수로 착수하겠다는 뜻은 그 귀를 단 한 수로 확실하게 차지하겠다는 것이다. 하지만 상대가 화점 등의 부분에 착수할 시에 중앙에의 진출이 차단되기 때문에 발전성이 거의 없어 잘 두지 않는다. 현대바둑에서 한때 유행한 것을 제외하면 3-삼 정석을 찾아보기도 힘들 정도로 보기 힘들다.

마지막으로는 외목이 있다. 외목은 바둑판에서 모서리로부터 3번째 줄과 5번째 줄이 교차하는 지점이다. 외목을 둔다는 것은 변으로의 진출을 중시하겠다는 뜻이다. 19세기 이전의 일본 바둑에서는 소목에 이어 두 번째로 많이 두어지는 귀 착점이었지만 정석이 난해한 변화가 많아 현대에서는 프로 바둑이든 아마추어 바둑이든 자주 사용되지 않는다. 100판에 한 판꼴로 봐도 많이 본 것이다.

이 외에도 대외목이나 대고목 등의 수도 있지만, 프로 바둑은커녕 정석책에도 잘 안 나오는 수라 거의 사장되었다고 보는 것이 많다.

위의 수를 각각 두 귀씩 두고 난 후에는 정석을 두기 시작한다. 사실 바둑에서 돌을 어디에 두더라도 자신이 만족한다면 별 상관은 없지만 수십 년에 걸쳐 쌓인 기보를 프로기사들이 연구해 만든 것이 정석이다. 그래서 정석은 언젠가부터 공식처럼 굳어져 정석이라는 이름으로 전해졌고 사람들이 두는 것이다.

첫 번째로는 화점 정석이 있다. 화점 정석은 처음에 화점에 착수함으로써 이루어지는 정석을 말하며 옛날 바둑에서는 잘 나타나지 않아 미리 돌을 깔아두는 접바둑용으로 취급되었지만 20세기 중반 오청원, 기타니 미노루의 신포석 이후 본격적으로 주목받아 호전 바둑에서도 많이 두어지게 되었다. 그러던 중 2010년 초중반 소복 열풍이 불어닥치면서 화점 정석이 퇴보를 겪다가 알파고에 힘입어 2010년 후반부터 다시 많이 두어지게 되었다. 종류로는 날일자 걸침, 한 칸 걸침, 눈목자 걸침, 두 칸 걸침, 3-삼 침입 등이 있다. 하지만 눈목자 걸침은 영향력이 약하고 두 칸 걸침은 고수들이 접바둑으로 둘 때나 사용하고 3-삼 침입은 처음부터 상대에게 너무 큰 세력을 준다고 하여 잘 사용되지 않았다. 하지만 위에서 서술했다시피 알파고의 등장 이후로 3-삼 침입의 입지가 매우 늘어났다.

두 번째로는 소목정석이 있다. 소목정석은 고전 바둑이든 현대 바둑이든 인기가 높다. 하지만 정석이 회점정석보다 훨씬 다양해 경우의 수가 너무 많아서 화점정석을 먼저 배운다. 날일자 걸침이 거의 90%를 차지하는 화점정석에 비해 날일자, 한 칸, 눈목자, 두 칸 걸침이 다채롭게 사용되기 때문에 난도가 갑자기 증가하는 것이다. 심지어 기본형에서 파생된 형태 또한 다양해서 초보가 소목정석들을 다 익히려고 한다면 머리가 터질 정도로 힘들 것이다.

세 번째로는 고목정석이 있다. 고목이 많이 두어지지 않는 만큼 고목정석도 많이 존재하지는 않는다. 보통 진행은 소목이나 3-삼에서 걸쳤을 때 한 수 빼고 나오는 진행과 같다. 특징으로는 대부분의 진행이 고목을 둔 쪽이 세력을 차지하고 상대가 실리를 차지하는 경우가 많다.

네 번째로는 3-삼정석이 있다. 3-삼은 귀를 단 한 수로 완벽하게 차지하겠다는 것을 의미하며 실리 쪽에 매우 치우친 수이다. 3-삼정석은 비주류로 여겨 많이 사용되진 않았지만, 알파고의 등장으로 화점에 대한 3-삼 침입이 정석화되고 기존 화점 정석들이 모조리 재평가되면서 상대의 침입을 원천봉쇄하는 3-삼정석이 늘어나기 시작했다. 3-삼정석은 상대가 화점으로 어깨 짚는 것과 그렇지 않은 것으로 나뉜다. 화점에 어깨 짚으면 한 칸 늘거나 날일지로 달려 대응한다. 그 외의 경우에는 날일자 걸침에는 날일자, 한 칸 걸침에는 한 칸으로 대응하는 것이 어지간해서는 정석이다. 그래서 복잡한 정석이 없다는 특징 때문에 초보자가 두기 좋은 수이다.

(막강해지는 상대의 세력을 버틸 수만 있다면.)

마지막으로는 외목정석이 있다. 하지만 외목 자체가 현대바둑에선 비주류로 외면받다 보니 정석이 거의 없다. 목진석 기사가 외목을 사용해서 숱한 강자들을 꺾고 결승에 올라간 적은 있으나 그 사실이 바둑인들에게 대서특필되었을 만큼 외목은 사용하기 힘든 전술이다. 그나마 있는 정석도 고목과 마찬가지로 소목에 걸쳤을 때 한 수 빼고 두는 것과 같은 정석이 많다. 그리고 외목정석도 거의 실리보다는 세력에 힘이 들어간다.

정석이 끝나면 포석이라고 해서 집의 모양을 만들고 상대 모양을 견제하는 것을 한다. 일종의 땅따먹기라고 생각하면 편하다. 그러다 상대와 마주치는 경우가 발생하는데 그럴 땐 싸우게 된다. 싸울 때는 설명할 것은 많지 않다. 상대방의 돌은 끊고 우리 돌은 연결하고 포위하고 퇴로를 차단하고 활로를 줄이면 된다. 이때 주의할 점이 있다. 모두 포위하더라도 죽지 않는 돌이 두 종류 있다.

첫 번째로는 상대가 놓을 수 없는 활로가 두 개 이상 있는 곳이다. 돌을 다 포위하더라도 아까 설명했듯이 착수금지에는 못 들어간다. 이런 착수금지인 곳을 두 개 이상 만들면 아무리 활로를 줄여도 그 돌은 산 것이다.

두 번째로는 빅이 있다. 빅은 아마 바둑에서 가장 특이한 경우일 것이다. 빅은 흑과 백이 한 곳 이상의 공배를 사이에 두고 대치하여 서로 따낼 수 없는 상황이다. (이때 공배는 돌이 놓여 있지 않고 누군가의 집도 아닌 경우의 곳을 의미함) 이 상태에서는 먼저 두는 쪽이 잡아먹히므로 둘 다 절대 두지 않는다. 그래서 이 빅은 이례적으로 '집이 없지만 살아있는 돌'이 되고 집 계산에서 제외한다.

이런 식으로 진행한 후에 서로 잡을 건 잡고, 살 건 살고 이제 집의 모양을 마무리해야 할 때가 온다. 그럴 땐 끝내기를 하게 된다. 끝내기는 바둑에서 서로 간의 집의 경계를 확정하기 위해 마무리를 하는 것으로 반집

차이로도 승부가 갈리는 프로 바둑에서는 이 끝내기도 중요하다. 끝내기를 잘하는 '신산'이라 불리는 이창호나 박영훈은 전성기에는 1/16집까지도 계산할 수 있다고 추정된다. 이들은 초중반에 돌을 전질 정도로 크게 벌어져도 끝내기에서 모조리 뒤집고 이길 정도였다. 그만큼 중요한 끝내기의 계산법은 다음과 같다.

1. 자기 집이 드러나는 만큼 센다.
2. 상대 집이 줄어드는 만큼 센다.
3. 따낸 돌이 있으면 그것만큼 센다.
4. 세어낸 3개의 값을 모두 더한다.

이런 끝내기의 종류로는 세 가지가 있다.

첫 번째로는 양선수 끝내기이다. 양선수 끝내기는 흑이 두어도 백이 두어도 선수가 되는 끝내기이다. 이 양선수 끝내기는 후술할 양후수 끝내기 대비 4배의 가치를 지닌다고 여겨지며, 가치가 크고 흑과 백 모두 절대 선수인 자리이면 포석이 마무리되지 않았는데도 미리 해두는 경우도 존재할 정도로 중요하다.

두 번째로는 편선수 끝내기이다. 편선수 끝내기는 흑이나 백 한쪽만 선수이고 다른 쪽은 후수인 끝내기이다. 만일 선수(편선수의 선수)가 아닌 사람이 그 끝내기를 하게 된다면 이를 '역끝내기'라고 부르며 마찬가지로 후술할 양후수 끝내기보다 두 배의 가치를 가진다.

세 번째로는 양후수 끝내기이다. 양후수 끝내기는 흑과 백 둘 다 후수의 끝내기이며 보통 돌을 잡는 형태의 끝내기이거나 한두 집 정도의 잔끝내기가 많다. 이 끝내기는 마지막으로 두어지는 경우가 많다.

유명한 끝내기의 예시로는 비마 끝내기가 있다. 비마 끝내기는 내가 2선까지 내려왔는데 상대방이 2선을 비워놓았을 때 눈목자로 1선에 내려앉는 형태이다. 상황마다 다르지만 6집~10집 정도의 크기를 가지는 매우 큰 끝내기이다.

끝내기를 마무리하면 계가로 마무리한다. (불계는 보통 끝내기 이전에 끝남) 계가로 승패가 정해지면 바둑을 두었던 둘 다 돌을 정리하고 "잘 두었습니다"라고 인사하는 것이 예의이다.

5. 나의 바둑 성향

바둑을 둘 때 어느 정도 이상의 수준이 되면 자신의 바둑에 자신의 성향이 드러난다. 물론 급수가 낮아도 성향이 드러나긴 하지만 실력이 향상하면서 자신의 성향이 바뀌는 일도 있으므로 보통 10급에서 15급 정도에 자신의 바둑 성향이 나타난다고 한다. 물론 나도 그때쯤에 나의 바둑 성향을 알게 되었다.

바둑을 두는 목적은 단 하나다. 오직 이기기 위해서 자신의 모든 것을 한판의 바둑에 쏟아붓는다. 하지만 바둑을 이긴다는 목적을 이루기 위한 수단은 사람마다 다르다. 바둑은 돌을 많이 따내야 이기는 것이 아니라 집을 많이 지어야 이긴다는 격언에 따르는 사람, 상대가 집을 내지 못하도록 말려죽이는 사람, 호전적인 기질을 가지고 있어 돌들의 싸움을 많이 하는 사람, 초반과 중반에는 조금 밀리는 것 같지만 후반에 끝내기에서 다 뒤집는 사람, 상대의 약점을 노리고 그 빈틈으로 상대를 무너트리는 사람 등이 있다.

나의 바둑은 매우 수비적이다. 정석도 싸움이 거의 나지 않고 흑과 백이 물 흐르듯이 자신의 집을 쌓는 정석을 선호하고 상대가 싸움을 걸어와도 한 발 빼는 성격이다. 그 때문에 어쩔 수 없이 싸움이 나면 대마가 쫓기는 일이 다반사였고 공격 기회가 와도 번번이 놓치기 일쑤였다. 특히 패싸움에 굉장히 약했다. 수 싸움을 잘하지 못하는 것은 아닌데 패싸움에서 졌을 때의 리스크를 너무 크게 보는 경향이 있어서 패싸움을 극도로 기피하는 경향이 있다. 하지만 나의 바둑에 나쁜 면만 있는 건 아니다. 상대가 나에 대한 견제를 소홀히 한다면 실리 면에서 압도적으로 유리한 형세를 만들어가고 상대가 내 돌을 공격해 오더라도 살려놓고 다른 곳에 벌림으로써 이득을 챙긴다. 무엇보다 내가 두는 실리 추구의 바둑은 '확실함'이라는 최대의 장점이 있다. 바둑에서 세력을 쌓는 것은 중요하다. 세력이 집이 될 수도 있고 그 세력을 바탕으로 상대방의 돌을 공격해서 큰 이들을 볼 수도 있다. 하지만 세력은 어디까지나 그저 모양일 뿐이다. 세력이 크더라도 10집도 나지 않고 옹졸하게 집을 낼 수도 있다. 그리고 공격은 하이 리스크 하이 리턴이다. 물론 성공한다면 바둑이 매우 좋아질 것이고 공격만으로도 이득을 보는 일도 있을 것이다. 하지만 공격에 실패한다면 그 후폭풍을 견뎌야 한다. 내가 공격하느라 허비한 돌만큼 상대의 집이 넓어지고 견고해지는 것이다. 그런 바둑이 나의 바둑이다.

나의 바둑이 이렇게 수비적으로 된 것에 대해서는 미스터리다. 나는 꽹장히 활발하고 낙천적이다. 주위에 한 명씩은 있는 깐죽거리는 사람이라고 생각하면 편하다. 하지만 이건 내 바둑 성향과는 전혀 관계없다. 이게 내 바둑 성향에 관여했다면 나는 꽹장히 호전적인 바둑을 두었을 것이다. 하지만 내 바둑은 처음부터 수비적이었다. 그래서 내가 생각하기에 내 바둑이 이렇게 된 건 내 한 성격 때문이라고 생각한다.

완벽주의. 나는 완벽주의적 성격이다. 그렇다고 해도 당신이 생각하는 완벽주의는 아니다. 모든 것이 완벽했을 때 희열을 느끼는 완벽주의와 달리 나는 변수차단의 완벽주의이다. 내가 계획한 일에 어떤 변수가 생겨 그 계획에 차질이 생기지 않도록 변수를 차단하고 아예 변수까지 고려해서 여유 있게 계획을 짜기도 한다. 이런 변수차단은 내 바둑에 고스란히 들어갔다. 공격은 변수를 만든다. 그럼 내가 이 바둑을 통제하기 힘들어지고 스트레스를 받는다. 하지만 수비를 하면 변수를 삭제시킨다. 그 외 더불어 실패했을 때의 리스크도 없다. 안전성이 확보된다는 것이다. 그래서 내 바둑이 수비적인 성향을 띠게 된 것 같다.

6. 나의 바둑

우리 가족 중에는 바둑을 두는 사람이 거의 없다. 친가 쪽에 큰고모부가 조금 두시기는 하지만 그것은 내가 바둑을 두기 시작한 데에 큰 의미가 되지 못했다.

어느 날, 엄마가 나를 학교에 있는 바둑 방과 후에 보내셨다. 바둑을 두면서 조금 얌전해지라고 보낸 것이다. 그렇게 나와 바둑의 첫 만남이 시작되었다. 그때 바둑 방과 후는 두 타임으로 나누어져 있었다. 4교시에 수업이 끝나는 1, 2학년들을 위한 바둑 기초반, 6교시에 수업이 끝나는 5, 6학년들을 위한 실력 반이 있었다. 하지만 이를 몰랐던 나는 4교시가 끝나고 태권도장에 갔다가 바둑 방과 후에 갔기 때문에 실력 반에서 바둑을 배우기 시작했다. 그때는 왜 내 또래가 없나 이상하게 생각했지만 지금 와서 보면 당연하였다.

바둑 방과 후는 내 마음에 쏙 들었다. 엄마가 들으면 실망하셨겠지만, 선생님이 조금 유쾌하신 분이었다. 바둑 급수에 따라 팔찌를 나누어주시거나 장기, 체스, 오목 등도 다 가르쳐주셨다. 더구나 내가 있었던 실력 반에서는 떡볶이 등의 간식들도 많이 사주셨다. 그 방과 후를 하면서 돌을 줍다가 손에 가시가 박히는 등의 안 좋은 일도 있었지만, 대회에 나가서 상을 받아오는 등의 성과도 있었다.

그렇게 1년을 다니고 2학년이 되자 엄마는 나를 문화센터에서 운영하는 바둑 강좌에 보냈다. 바둑 강좌의 분위기는 전에 있었던 방과 후 와는 다르게 엄숙한 분위기였다. 진짜 바둑만을 배우기 위해 있던 강좌인 듯이 바둑을 둘 때는 말 한 번 못하고 조용히 뒀다.

지금 와서 보면 그때 나는 아직 시끄럽고 활발한 성격이어서 이 강좌와는 잘 맞지 않을 것 같다고 생각한다. 하지만 내 생각보다 나는 더 바둑에 빠져있었던 것 같다. 그 강좌에서도 져서 분한 기억은 있어도 강좌를 가기 싫었던 기분은 없었다. 그렇게 그 강좌를 다니면서 나의 바둑 실력은 매우 성장했다. 그전에는 바둑을 두는 방법은 알지만, 그냥 그 정도에 머물렀다면 강좌에서는 바둑의 예의부터 시작해서 나의 바둑 기초를 완성했다고 할 수 있다. 그렇게 그 강좌에서 21급 정도의 실력까지 올라왔다.

그러던 어느 날 전학을 가게 됐다. 전혀 다른 지역으로의 전학에 친구들과도 모두 헤어지고 새로운 환경에 적응하게 되었다. 그때 내 마음의 큰 안식처가 되어주었던 것은 또 바둑이었다. 3학년 2학기에 전학 와서 바로 그 학교의 바둑 방과 후에 다니게 되었다.

그 방과 후에서도 나는 실력 반에 다니게 되었다. 하지만 1학년 때와는 다르게 나는 그 방과 후에서 두 번째로 잘하는 사람이었고 방과 후에 잘 적응해갔다. 하지만 기억나는 건 내가 바둑은 아니었어도 오목은 무척 잘 둬 방과 후에서 열린 오목대회에서 우승했다는 것밖에 없다.

4학년이 되자 바둑 방과 후를 그만뒀다. 그만두게 된 이유가 잘 기억나진 않지만 아마 1등이었던 형이 그만두고 목표가 없자 재미없어서 그만두었을 것이다. 그렇게 4학년 1년 동안 나의 바둑은 잠시 멈춰있었다.

4학년 12월, 그러니까 이제 5학년으로 올라갈 때가 되었을 즈음에 나는 바둑학원에 다니게 되었다. 집에서 10분 정도 거리에 있는 작은 학원이었다. 원생은 스무 명을 넘지 않는 이 학원은 내 바둑의 고향이라고 해도 될 정도의 지대한 영향을 미쳤다.

학원에 가고 나는 24급을 받았다. 아무리 1년을 쉬었다지만 방과 후에서 18급까지 갔던 내가 24급이 된 것은 그동안 소홀했던 이론(바둑책) 때문이었다. 5학년이라는 이르지 않은 나이에 24급의 낮은 급수를 받지 나는 마음이 조급해지기 시작했다. 나보다 나이가 어린 애들이 나보다 바둑을 잘 둔다는 사실을 알았을 때 내 자존심에 금이 가는 것이 느껴졌다. 그때부터 나는 다시 바둑을 진심으로 시작했다.

일단은 바둑책부터 풀었다. 바둑학원에서 바둑을 배울 수 있는 시간은 한정적이고 어차피 바둑책에 있는 내용은 내가 다 아는 내용이었다. 그래서 심할 때는 반 권을 한 번에 풀어가는 정도로 진심으로 이론 공부를 했다. 그러자 그 노력은 눈에 보이기 시작했다. 23급, 22급, 21급…. 이렇게 다시 18급까지 왔다.

18급이 된 이후에도 내 바둑 실력은 폭발적으로 성장 중이었다. 아니 어쩌면 그동안 배웠던 게 폭발한 것일 수도 있다. 어쨌든 이렇게 되자 바둑선생님은 내 급수를 15급으로 점프시키고 내게 온라인 바둑을 권하셨다. 온라인 바둑. 나이, 성별 모두 상관없이 급수에 맞는 사람들끼리 두는 일종의 전쟁터. 이곳의 급수는 바둑학원의 급수와 다르다. 우리 학원이 다른 곳보다 급수책정이 빡빡한 것을 고려하더라도 그곳의 급수는 현실의 급수보다 높았다. 우리의 급수는 애들끼리 둬서 나온 급수였고 그곳은 5살짜리 꼬맹이부터 100살 노인까지 모두 둘 수 있는 곳의 급수였기 때문에 15급으로 올라온 나도 18급부터 급수를 만들었다. (내가 바둑을 둔 사이트는 18급부터 시작이었으니까 밑바닥부터 시작한 것이었다.)

온라인 바둑은 어려웠다. 바둑학원에서 원생들과 하는 것이 복싱이라면 온라인 바둑은 길거리 싸움이었다. 암묵적으로 동의한 규칙 같은 것들이 전혀 들지 않았고 꼼수 등의 더러운 싸움도 마다하지 않는 난장판이었다. 이론 중심으로 바둑을 공부했던 나는 각종 변칙적 수에 무릎을 꿇게 되었다. 열심히는 두는데 내가 잘해도 상대방의 꼼수 하나에 바둑을 지는 것을 보고 점점 온라인 바둑에 대한 흥미를 잃어가고 있었다.

온라인 바둑은 그런 문제가 있었지만, 오프라인, 그러니까 바둑학원 내에서의 바둑은 여전히 재미있었다. 우리 학원에는 토요일에 잘하는 사람들만 모여서 바둑을 두는 일종의 전통이 있었는데 바둑을 많이 두고 싶었던 나는 급수가 낮을 때부터 토요일에도 나와서 바둑을 배웠다.

토요일의 바둑학원은 다른 요일과 다른 구성으로 진행되었다. 먼저 토요일에 모든 원생이 다 같이 푸는 공통문제가 있었다. 이걸 맞추면 라면 파티를 했기 때문에 모두 열정적으로 문제를 맞히기 위해서 노력했다. 그리고 오는 순서대로 바둑을 뒀다. 누구와 둔다고 정하지 않고 오면 온 순서대로 바둑을 두는 것으로 진행했다. 한 바둑이 끝나면 그때 두고 있지 않은 사람과 바로 바둑을 둬 거의 쉬지 않고 바둑을 하루에서 2~3판 정도 뒀다. 그렇게 두다가 5시 정도가 되면 바둑책 공부를 했다. 토요일에 온 사람들이 각자 집에서 풀어온 문제 중에 모르는 문제가 있으면 그 문제를 다 같이 푸는 식으로 책 공부를 했다. 혼자 생각했을 땐 모르겠어도 여럿이 힘을 합쳐 생각하면 금방 알 수 있었다.

오프라인에서는 바둑을 두면서 계속 성장하고 있었지만, 온라인 바둑은 급수가 늘지를 않았다. 실력이 향상하지 않는 것은 아니었다. 온라인 바둑의 사람들이 두는 '더러운' 수에 정신을 못 차리고 있었다. 결국, 나는 계정을 새로 만들었다. 새로 만든 계정은 9급이었다. 15급에서도 허우적거리던 사람이 갑자기 9급으로 가다니 이게 무슨 소리인가 할 수도 있지만 이미 오프라인에서는 9급을 찍었고 5급인 원생과의 바둑에서 4점이면 쉽게 지지 않았다. 그렇게 두 번째 계정으로 다시 온라인 바둑을 시작했다.

9급의 바둑은 15급의 바둑과 달랐다. 급수로 보면 6급수이지만 두 자리 급수와 한 자리 급수의 바둑은 차원이 달랐다. 9급의 사람들은 거의 모든 사람이 바둑을 둘 때 예의를 지키면서 뒀고 바둑이 많이 불리할 땐 억지로 꼼수를 부리지 않고 깔끔하게 승부를 인정하는 경우가 많았다. 내가 말한 것이 거짓일 수도 있다. 하지만 실제로 나는 9급에 올라와도 잘 버텼고 급수가 수직으로 하락하지 않았다. 그리고 온라인 바둑에 다시 재미를 느꼈다.

그때쯤 바둑선생님이 말씀하신 것이 있었다. 내가 온라인 바둑의 급수로 3급이 되면 단증 시험에 도전할 수 있게 해주신다는 거였다. 급과 단은 말부터가 다르듯이 엄청난 차이를 가지므로 나는 초등학교를 졸업하기 전에 꼭 단증을 따고 싶었다. 그래서 온라인 바둑을 정말 열심히 뒀다. 그리고 결국 6학년이 다 끝나가는 1월에 단증을 따게 되었다.

어느덧 2019년이 되었다. 중학교에 입학했고 학교에 있는 시간이 늘어나고 공부량이 많아지는 등의 변화도 겪었다. 그와 함께 내 바둑에도 큰 변화가 찾아왔다. 내게 슬럼프가 온 것이다. 초등학교 5학년 때부터 이긴 하지만 2019년까지 쉬지 않고 달려왔는데 뭔가 달라졌다. 가장 큰 원인은 단증을 딴 것이었다. 단증을 따기 위해서 3급까지 무리하게 달렸는데 그 후유증인지 똑같은 3급의 사람들과 둬도 자꾸 지는 일이 늘어났다. 지금까지는 10판을 두면 평균적으로 6판 정도를 이기고 지는 판이 많아도 4~5판 정도를 이겼다. 하지만 단증을 따고 나니 10판을 두면 3판 정도밖에 못 이기는 현상이 일어났다. 바둑을 두면 계속 지고 이겨도 선생님의 도움을 받아 이기는 일이 늘어나자 다시 온라인 바둑에 싫증을 느끼게 되었다. 하지만 더 큰 문제는 다른 곳에 있었다. 전에 온라인 바둑에 싫증을 느끼게 되었을 때는 오프라인 바둑에서 풀었다. 하지만 오프라인 바둑에서도 문제가 생겼다.

가장 큰 이유는 아마 중학생이 되어서일 것이다. 중학생이 되고 수업 시간이 늘어난 것은 둘째치고 그동안 보지 않았던 시험을 보게 되었다. 비록 자유학기제라 1학기밖에 시험을 보지 않았지만, 초등학교 저학년 때 본 이후로 장기간 보지 않았던 시험은 나에게 큰 부담이 될 만했다. 초등학교 때의 내 일정은 거의 바둑밖에 없었다. 시험이 없었기 때문에 공부를 많이 하진 않았고 책을 읽거나 핸드폰을 하는 시간도 있었지만 남는 시간에는 주로 바둑책을 보거나 온라인 바둑을 두곤 했다. 하지만 중학교가 되고 시험을 준비하다 보니 바둑학원을 가는 시간 외에 바둑에 시간을 투자하는 경우는 많이 줄어들었다. 그 외에도 중학교의 새로운 친구들과 적응하는 것도 보태지니 바둑을 두는 시간은 더욱 줄어들었다. 그런 생활이 반복되다 보니 어느샌가 내 바둑 실력은 상승이 아닌 하강 곡선을 그리고 있었다. 무리하게 올라온 3급에서 버티지 못하는 것도 당연했다. 지금까지 나의 바둑 실력을 그래프로 그린다면 경사가 높은 상승곡선이었지만 19년도에 처음으로 꺾인 것이다. 바둑을 그만둔 적은 있어도 실력이 줄어든 적은 없었다. 그리고 그때의 나는 나의 실력에 심취해 자만하고 있는 상태였다. 그런 상태에서 온 슬럼프는 내게 매우 큰 파도였고 준비가 되어있지 않은 나는 그 파도에 이리저리 휩쓸릴 뿐이었다.

이렇듯 내 바둑 실력은 처참히 망가지고 있었지만 그래도 바둑학원은 여전히 즐거웠다. 바둑 말고 다른 마땅한 취미가 없기에 가게 되는 바둑학원이었지만 내 마음의 안식처라고 칭할 정도로 편한 정도였다. 앞에 말했다시피 취미가 없었던 나는 바둑 말고는 어느 것을 해도 즐거운 것이 딱히 없었다. 중학생이 되고 사춘기가 찾아와 가족과 보내는 시간이 줄어들면서 바둑학원은 집보다 편안한 장소가 되어있었다. 학원에 가서 아무것도 하지 않고 바둑책만 읽고 돌아왔을 때도 마음의 안정을 얻을 수 있었다. 그렇게 나는 바둑이 아닌 바둑학원이 좋아졌다.

하지만 결과적으로 나의 중학교 1학년 바둑은 성장이 아닌 실력이 오히려 줄어드는 심각한 슬럼프를 겪었다. 그렇게 미적지근하게 2학년이 되려는 순간, 그것이 터졌다. 코로나. 내 인생을 송두리째 바꿔놓아 버린 그 녀석이 창궐하고 우리 모두 집에 갇혔다. 바둑학원은 물론이고 학교도 가지 않았다. 분명 좋지 않은 사건이지만 이건 내 바둑의 전환점이 되었다.

밖에 나가질 않으니 자연스레 집에 있는 시간이 늘어나 그 시간에 바둑을 두는 것이 늘어났다. 주로 온라인 바둑을 두면서 지더라도 다시 두고 급수가 내려가도 다시 두면서 바둑이 다시 즐거워졌다. 그렇게 두기 싫던 온라인 바둑이 기다려지고 자려고 누워 눈을 감으면 바둑판이 눈앞에 아른거렸다. 4월까지 그런 생활을 하고 바둑학원을 갈 때쯤에 내 온라인 바둑 급수는 초단의 문턱에까지 있었다.

바둑학원에 가서도 슬럼프를 벗어난 내 바둑을 날개를 단 듯이 훨훨 날았고 내 실력도 자연스럽게 늘어갔다. 내 중학교 2학년은 내 2번째 전성기가 되었다.

하지만 2학년 때 좋은 일만 있던 것은 아니었다. 2학년이 되면서 시험을 1년에 4번 보게 되었는데 온라인 수업의 영향으로 내 성적은 1학년에 비해 줄어들었고 부모님과 이야기를 나눴다. 지금까지 공부학원에 다니지 않고 인강과 문제집으로만 버텼지만, 이제는 슬슬 바둑학원을 끊고 공부학원에 다니는 게 낫다고 생각하시는 것이다. 하지만 나는 바둑하는 게 재미있고 학원도 너무 좋았기에 결사반대했다.

이런 어지러운 상황 속에서 나는 3학년이 되었다. 3학년이 되면서 다시 부모님과 깊은 대화 끝에 중학교를 마칠 때까지만 바둑학원에 다니기로 합의했다. 하지만 끝은 자연스럽게 찾아오고 있었다.

첫 징조는 학원에서 일어났다. 원래 원생들은 내 또래 친구들이 넘쳐났는데 하나둘 그만두더니 코로나가 잠잠해지고 보니 한두 명을 제외하고는 초등학교 저학년의 어린 친구들밖에 남지 않았다.

그리고 3학년이 되면서 공부에도 변화가 찾아왔다. 학교 공부를 따라가기 힘들어진 것도 힘들어진 거이지만 슬슬 고등공부를 준비해야 하는데 시간이 부족해진 것이다. 공부 때문에 바둑학원에서 졸았던 적도 있었다. 그렇게 조금씩 조금씩 바둑에서 멀어지고 있었다.

그날은 학원에서 바둑책을 보고 있던 어느 날이었다.

'내가 바둑학원을 왜 오고 있지?'

문득 생각이 들었다. 그래서 내 학원에서의 시간을 돌아보니 나는 바둑학원을 온 것이 아니었다. 내 마음의 안식처로 온 것이었다. 그때 비로소 나는 깨달았다.

'아, 바둑학원을 그만둬야겠구나.'

내가 오랜 시간 했고 부모님과 대화하면서 울고불고 다 해서 지켜낸 바독학원이었지만 끝을 체감한 순간 거짓말처럼 마음이 바로 정리되었다.
그렇게 나의 바둑에는 쉼표가 찍혔다.

7. 마지막

나의 '바둑인' 친구들에게 감사를 전하며.

김대원 선생님

박은우

정호종

김문규

김민근

손영빈

이인우

황준원

서경준

THANK YOU

에필로그

사실 이 이야기를 쓰기까지 많은 실패가 있었다. 처음에는 바둑에 대한 설명문을 쓰려고 했다. 하지만 문제가 조금 많았다. 공식적으로는 아마추어 1단, 비공식으로 쳐도 3단인 중학생이 바둑에 관해 설명한다는 것이 부담됐다. 혹시 내가 틀린 사실을 전하거나 미처 넣지 못한 것이 있으면 어떡할까 많은 고민이 되었다. 결정적으로는 아무도 읽지 않을 것 같았다. 나는 책은 누군가가 읽을 때 비로소 책이 된다고 생각한다. 그러니 아무리 내가 내 혼을 다 쏟아부어 만들었다고 해도 아무도 읽지 않는다면 그건 책이 아니다. 나는 책을 쓰고 싶었으므로 바둑 설명문을 쓰겠다는 생각을 접었다.

두 번째로 쓰고 싶었던 것은 시였다. 다른 글에 비해 길이가 짧은 시는 왠지 모르게 쓰기 쉽다는 생각이 들었다. 그래서 시를 쓰기로 했고 결과는 보기 좋게 실패했다. 쓰는 자체는 어렵지 않으나 영감이 떠오르지 않았다. 기껏 쓴 시들도 형식이 비슷해서 하나의 시인 것 같고 각각의 시인 것 같지가 않았다. 그렇게 시를 쓰는 것도 접게 되었다.

세 번째로 쓴 것은 옴니버스 형식의 소설이었다. 아무리 생각해봐도 형식에 얽매이지 않고 내가 생각하는 이야기를 마음껏 펼칠 수 있는 소설이 글을 쓰기에 편할 것 같았고 그냥 소설을 쓰기에는 장편소설로 쓸 만한 글감이 떠오르지 않았기에 옴니버스 형식의 소설을 기획하게 되었다. 주인공은 각각 우리 반 친구들(구준서, 김우혁, 이재협, 이정진, 조휘성, 한결)으로 하고 각자 따돌림, 가정폭력, 사이버폭력, 자살, 가난, 병에 대한 아픔을 품고 있는 이야기를 썼다. (이 내용은 전혀 사실이 아니다. 인명을 제외한 모든 이야기는 허구다) 하지만 이것도 문제가 있었다. 내가 경험이 없다 보니 세밀한 감정표현 같은 것을 하지 못하겠다는 것이었다. 억지로 쥐어짜 써도 5살짜리 꼬맹이가 푸념하는 것 같이 어색한 이야기들만 나왔다. 이렇게 가다간 글을 쓰지도 못할 것 같고 친구들 이름에도 먹칠하는 것 같아서 이 옴니버스 소설도 접었다.

그리고는 조금 배포가 큰 장편소설을 썼다. 지금은 내 USB에만 있고 아무도 보지 못하지만 이대로는 억울해서 줄거리를 조금 이야기해보면 6·25전쟁 때 북한이 이긴다는 가정에서 2021년에 대한민국의 마지막 저항군의 이야기를 썼다. 주인공은 해커인데 특이하게 이 세계관의 해킹은 바둑을 두는 것으로 설정을 뒀다. 그렇게 반년 정도 이 이야기를 썼다.

소설을 쓰는 데는 큰 문제가 없었다. 내가 평소에 망상하던 것들이 그대로 내가 쓰는 소설이 되었고 나는 그것을 쓰는 것이 즐거웠다. 그래서 자료수집도 해가며 열심히 소설을 썼다. 그렇게 스토리는 중반을 향해 달려가고 있었다. 그때 큰 문제가 발생했다. 스토리가 너무 커져 버린 것이다. 처음에는 적절한 분량을 계획했지만 쓰다 보니 추가하는 에피소드들이 생기면서 이야기가 걷잡을 수 없이 커지기 시작했다. 결국, 내가 내 손으로 마무리하지 못할 지경이 되었다. 소설을 쓰면 복선도 깔아둬야 하고 그걸 독자들이 알지 못하게 가리기도 해야 하고 전에 썼던 복선을 회수하기도 해야 하고 중간중간 쉬어가는 에피소드들도 있어야 하고 이해하기 어려운 장면이 나올 것 같으면 자연스럽게 설명해야 한다. 이 모든 걸 하면서 결말을 향한 스토리 진행도 해야 하는데 이 소설의 규모가 너무 커져 버려 내가 저걸 감당하지 못하게 된 것이다. 그래서 결국 나는 눈물을 머금고 반년 동안 쓴 소설을 파기했다.

이렇게 많은 시행착오를 겪으면서 내게 글을 쓸 시간은 한 달 남짓밖에 남지 않게 되었다. 끝나지 않을 것만 같던 마감기한이 이제는 너무 빨리 다가오는 것 같았다. 그래서 나는 다시 처음으로 돌아가기로 했다. 어차피 글을 제일 잘 쓰려면 내가 쓰고 싶은 이야기를 써야 했고 그건 딱 하나 있었다. 바둑. 내 인생의 절반 이상을 투자한 그것이 내가 써야 할 글이었다. 하지만 전에 썼듯이 설명문을 쓰지 못한다. 시를 쓰는 것도 불가능하다. 바둑을 소재로 소설을 쓰는 것도 불가능하다 보는 것이 맞았다. 그래서 나는 이야기 쓰는 것을 포기하려 했다. 그때, 길이 생겼다. 나는 바둑에 대해서는 다른 바둑인보다 못할 수는 있다. 하지만 나의 바둑이야기, 나의 바둑 인생이라면 말이 달라진다. 바로 나의 바둑에 대한 수필을 쓰는 것이다. 틀려도 괜찮다. 이건 설명문이 아니니까. 내 생각을 쏟아내는 것이니까. 글감이 떠오르지 않아도 상관없다. 이건 시가 아니니까. 다른 것도 아닌 내 이야기에 내가 글감이 떠오르지 않을 리가 없으니까. 내가 겪지 못한 이야기에 대한 묘사 걱정도 없다. 이건 옴니버스 형식의 소설이 아니니까. 내가 겪은 이야기에 대한 묘사가 안 될 리도 없으니까. 이야기에 복선이 잘 깔려있지 않아도 괜찮다. 이건 소설이 아니니까. 내 인생은 복선이 깔릴 틈도 없을 정도로 스펙타클하니까.

이렇게 쓰기 시작한 나의 바둑 이야기는 매우 순조롭게 써졌다. 물 만난 물고기처럼 이제야 주인을 찾은 글이 빠른 속도로 완성되어갔다. 꼭 정확한 사실을 전달해야 한다는 부담감이 사라지니 마음이 편해져 글을 쓰는 데 막힘이 없었다. 그렇게 나온 게 이 이야기다.

이 이야기는 단순히 바둑 이야기를 하는 것이 아니다. 나의 9년 바둑 인생을 담고 있는 것이고 내 삶의 절반 이상이 쓰여 있는 것이다. 그야말로 이 이야기는 내 삶의 절반이라 할 수 있다. 앞으로 어떤 글을 써도 도이 이야기만큼 진심이진 않을 것이다.

추신
혹시 이 글을 읽고 오해할 수도 있으니 말하는 건데 저 공부 잘합니다. 전교 10등 안에는 들었습니다. (우리 학년 학생 수 80명) 공부 다 던지고 바둑에 올인한 거 아닙니다. 학생의 본분은 지켰습니다.

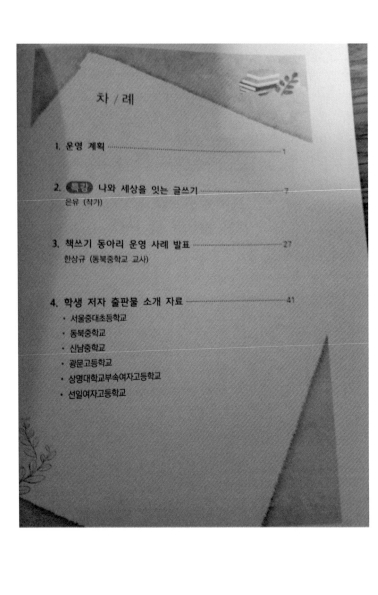

차 / 례

「9시 뉴스 시작하겠습니다」
「놀이공원에서 생긴 일」

사실 소설이랑 시는 거의 처음 써 보는 거라서 좀 어려운 부분이 있었는데, 그래도 쓰는 게 재미없거나 힘들거나 하지는 않았어요. 그리고 소설을 쓰면서 '반응이 안 좋으면 어쩌지.' 라고 생각하고 있었는데, 선생님이 남들에게 재미있는 건 둘째치고 쓰는 사람이 일단 재미있으면 된다고 하셔서 마음 편히 글을 쓸 수 있었어요.

9시 뉴스 시작하겠습니다.

"9시 뉴스 시작합니다. 대한민국 판문점에서 미국, 중국, 한국, 북한 대통령이 서로 정상회담을 하기로 했습니다. 냉전 이후 미국의 새로운 적수인 중국과, 한국과 70여 년 동안 전쟁을 하고 있던 북한과 만남을 동시에 가지는 것은 오랜만입니다. 이 정상회담으로 앞으로의 상황이 결정되기 때문에 많은 사람이 기대하고 있습니다."라고 하며 뉴스를 시작했다.

한 심리 연구소에서 미국 대통령의 성격은 사교적이고 개방적이며, 이성적이고 정의로운 사람이라고 분석했다. 그는 실제로 사람들 사이의 문제를 화합하고 조정하는 지도력이 뛰어난 유형이었다. 사람을 9가지 성격으로 분류하는 에니어그램은 미국 대통령이 충실한 사람이라고 이야기해 주고 있다.

미국 대통령이 "이 안건은 우리 미국이 주도해서 완만히 잘 처리하도록 하겠습니다."라고 말하며 이야기를 시작했다.

왕웨이가 운영하는 회사는 큰 어려움을 겪고 있다. 중국 정부의 반독점과 금융 안정화를 이유로 왕웨이가 운영하는 BDH그룹을 조사했기 때문이다. 중국 정부가 중국의 금융 감독을 비판한 왕웨이에게 압력을 넣었는지 얼마 전 은행과 금융 당국을 감찰하고 온 왕웨이는 현재 전혀 활동하지 않고 있다. BDH그룹을 군이 조사하는 이유는 BDH의 물건을 중국인 대부분이 사용하기 때문에 자국민을 동시에 통제하려는 생각도 가지고 있는 것 같았다.

중국 주석이 말을 이어나갔다. "아닙니다. 이것은 우리 중국에 맡기십시오. 우리가 값싼 노동력과 빠른 생산 속도를 바탕으로 이 안건을 성공시키도록 하겠습니다."라고 하며 대화를 이어나갔다.

회의는 아주 빠르게 진행됐다.

미국 대통령이 "그렇게 하시죠."라고 하자 중국 쪽에서는 아주 빠르게 나서서 안건을 처리하겠다고 했다.

중국 주석은 "이 안건들은 일단 우리 중국이 책임지겠습니다."

미국 대통령이 "이 안건들은 그렇게 쉽게 처리할 수 있는 게 아닙니다. 괜히 하겠다고 했다가 망쳐서 좋지 않은 상황을 만들려는 게 아닙니까?" 라며 화를 냈다.

중국 주석이 "절대 아닙니다. 그냥 잘 처리하자는 것이지요."라고 하자 그때를 기다렸다는 듯이 남북한의 지도자들이 말을 꺼냈다.

대한민국 대통령은 자유로운 영혼이자 온화한 사람이고 북한의 지도자 는 꽤 과격하고 감정적인 사람이었다.

한국 대통령과 북한 지도자가 "그냥 우리 남한과 북한이 처리하도록 하 겠습니다. 어차피 우리 북한에는 지하자원이 많이 매설되어 있고 남한의 기술로 처리하면 됩니다. 그러니 이 안건들은 우리에게 맡기시죠."라고 했 다.

미국 대통령이 동조하며 말했다. "그렇게 하죠. 어차피 북한에도 많은 양의 지하자원이 매설되어 있고 남한의 기술력도 꽤 수준급이니 상관없습 니다."라고 하며 남북한의 제안에 동의했다.

중국 주석은 화난 듯이 "안됩니다! 저 안건은 그렇게 쉽게 할 수 있는 데 아닙니다. 괜히 남한과 북한이 이 안건을 맡다가는 망칠지도 모르는 겁니다!"라고 했다.

한국 대통령과 북한 지도자들이 반박하며 "무슨 소리입니까? 이 안건의 실패 확률은 그리 높지 않습니다. 우리가 두 나라의 안건 처리량을 줄여 주고자 하려고 제안 한 것인데, 그렇게 하면서까지 우리가 할 필요가 없 다고 생각합니다."

중국 주석이 극대노를 하며 "이럴 거면 우리 중국은 따로 행동하겠습니다!"라고 하면서 정상 회담장을 박차고 나갔다.

중국 주석이 정상 회담장을 박차고 나가자, 미국 대통령도 정상 회담장을 나갔다.

'중국은 어쩌자는 거야! 자기들이 다 할 거면 알아서 하면 될 것이지 왜 정상회담을 하자고 해서 시간만 뺏는 거야?'라고 미국 대통령은 실소를 지으며 생각했다.

판문점에서 남한 대통령과 북한 지도자가 따로 회의를 진행한다.

남한 대통령이 "중국은 왜 이러는 겁니까! 이것은 중국의 세력을 넓히려는 속셈입니다! 지금 중국의 서쪽을 아프간과 인도가 위협하고 있으니 중국은 쉽게 나서지 못합니다. 그러니까 지금 정상회담을 기회 삼아서 나라의 발전에 도움이 되는 안건만 처리해서 중국의 위력을 보여주려고 하는 것입니다."라고 하자 북한은 남한 대통령에게 맞장구를 치며 말했다.

"맞습니다. 지금 중국은 우리 북한에도 위협을 받고 있으니 당장 세력을 넓혀서 우리를 짓밟으려고 하는 것입니다. 지금 중국을 위협하는 세력이 많으니 당장은 공격을 하지 않겠지만 한번 기회가 생기면 중국은 그 틈을 파고들어 공격을 감행할 것이고 그러면 속수무책으로 당할 수밖에 없습니다. 그러니 남북한이 서로 힘을 합쳐야 합니다!"라고 하며 두 국가만의 정상회담을 계속해 나갔다.

"지금 중국 대통령이 정상 회담장을 박차고 일어나 중국으로 떠난 가운데, 미국 대통령도 떠났습니다. 남북한의 대통령들은 판문점에 남아 두 국가만의 정상회담을 다시 시작하기로 했습니다."라는 뉴스가 텔레비전을 통해 나오고 있었다.

중국 주석이 중국 내 고위 간부들과 회의를 시작했다.

중국 주석이 "미국을 견제하려면 어떻게 해야 할까? 미국에 위협을 해봐도 안 되는데…"라고 말을 하자 중국 국방부 장관이 말을 꺼냈다.

"국내에 있는 미국인들을 탄압하고 불이익을 주면 그들을 구하러 올 것입니다. 그때 수송기를 공격해서 우리 중국의 위엄을 보여주면 됩니다."라고 했다.

중국 주석은 기쁜 얼굴로 "그러면 미국을 견제하고 다른 나라에도 우리 중국의 위용을 알릴 수 있겠군!"이라고 하며 당장 그렇게 하라고 지시했다.

중국은 자국 내 미국인들에게 불이익을 주고 탄압하는 내용을 뉴스에 내보내기 시작했다.

미국은 이러한 뉴스를 접하고는 분노에 휩싸였다.

미국 대통령은 대국민 담화를 통해서 "우리는 중국 내 미국인 보호를 위해 긴급 수송기를 보낼 것이며 만약 중국이 수송기를 무사히 보내는데 협조하지 않을 땐 가만있지 않을 것입니다."라고 하며 중국 내 미국인들을 위한 단호한 의지를 표명했다.

중국 주석은 이러면 미국과의 사이가 틀어져서 전쟁 직전까지 갈 수도 있다고 생각했지만, 수송기를 공격하기로 했다. 그만큼 미국을 견제하는 것이 지금으로선 중요했다.

마침내 미국의 수송기가 중국 내 영공에 들어왔다.

"여기는 B - 7603 미국 긴급 수송기다. 중국 내 미국인들 구출을 위해 왔다. 착륙을 허가해주기 바란다."라며 무전을 시도했다.

하지만 중국 관제탑은 대꾸도 하지 않고 전투기가 수송기를 공격해서 격추하게 했다. 미국 대통령에게 미국 수송기가 격추당했다는 소식이 빠르게 전달됐다. 미국과 중국의 사이는 돌이킬 수 없을 만큼 나빠졌다.

미국 대통령은 "중국이 우리 수송기를 격추했다는 사실은 아주 기분 나쁜 소식입니다. 우리를 공격한 만큼 대가를 톡톡히 치러야 할 겁니다."라며 사실상 선전포고를 했다.

한국의 전문가들은 토론을 시작했다.

"지금 중국과 미국의 상황이 안 좋은데요. 어떻게 생각하시나요?"

"지금 미국과 중국의 사이가 정말 안 좋습니다. 이 정도면 최소 5년 안에 미국이 중국을 공격할 수도 있다고 생각합니다. 그러니 대한민국은 서둘러서 대비해야 합니다."

국민청원 게시판에는 당장 전쟁 준비를 하고 방어태세를 갖추자는 청원이 올라왔고 국민의 80%가 이에 동의했다.

미국과 친분이 있거나 중국과 사이가 안 좋은 나라는 미국과 모여 정상회담을 하고 중국과 친분이 있거나 미국과 사이가 안 좋은 나라는 중국과 모여 정상회담을 시작했다.

중국 주석이 정상 회담장에서 "지금 미국은 자신이 세계의 경찰이라고 자처하며 세계 곳곳에 큰 영향을 끼치고 있고 사사건건 시비를 걸어 거의 전 세계는 미국의 반식민지 상태라고 봐도 과언이 아닙니다. 미국을 세계의 경찰에서 끌어내리고 진짜 공정한 경찰 역할을 할 수 있는 나라를 다시 선정해야 합니다. 그렇게 되려면 일단 우리와 반대의 뜻을 가진 다른 나라들과의 전쟁을 피할 수 없을 것 같습니다."라고 하자 여기에 동조하는 많은 정상이 미국을 공격하자는데 적극적으로 동의했다.

미국 대통령은 정상 회담장에서 "중국은 지금 미국을 공격하려고 계획을 세우고 있습니다. 지금 중국도 우리 미국만큼이나 세계에 큰 영향을 끼치고 있고 냉전 이후에는 미국의 아주 큰 걸림돌이자 적수입니다. 중국을 우리가 막아내 자유주의를 세계 곳곳에 퍼뜨려야 합니다!" 역시 많은 정상이 이에 동의했다.

얼마 후 뉴스프로그램에선

"중국이 미국에 선전포고하고 미국도 이에 맞서 선전포고를 하며 사실상 미국과 중국의 전쟁이 시작됐고 중국은 중국 내 미국인들을 더욱 탄압해서 중국에 사는 20대 미국인이 사망하는 사고까지 발생해 미국을 더 화나게 했습니다."라는 뉴스 보도가 흘러나오고 있었다.

미국 대통령은 "중국이 죄 없는 미국 일반인을 사망하게 한 사건은 정말 유감입니다. 계속 중국이 이런 식으로 도발을 한다면 우리는 참지 않고 당장 중국을 공격해 중국을 불바다로 만들 자신이 있습니다"라고 경고했다.

미국은 중국에 스텔스 정찰기를 보내서 중국 내 미국인들의 상황을 살피라 하고 결과보고서를 받은 미국은 당장 군부대를 보내 중국을 침범하라고 명령한다.

중국 주석은 국방부 장관에게 당장 무력 대응하라고 지시했다.

미국군은 자체 개발한 무기를 토대로 싸움을 했고 중국은 미국보다는 못한 무기이지만 6·25전쟁 때처럼 인해전술을 바탕으로 공격을 감행했다. 하지만 6·25전쟁 때 인해전술을 한번 경험해 본 미국은 인해전술에 쉽게 당하지는 않았다.

"미국이 중국을 침범했고 엄청난 양의 사상자가 나오고 있습니다."

유럽 대표들은 정상 회담장에 모였다.

영국 대표는 "지금 중국과 미국의 싸움이 격렬해지고 있습니다. 미국을 도와 중국을 공격할지 아니면 중립을 지켜 가만히 있을지 고민입니다."

프랑스 대표는 "그러면 유럽연합의 60%를 유럽 방어를 위해 남겨두고 나머지 40%는 중국을 공격합시다."라고 제안했다. 많은 유럽 대표들이 이에 동의하면서 파병을 결정했다.

영국군 600만 명, 프랑스군 430만 명, 독일군 320만 명 등을 당장 파견하기로 한 유럽은 당장 중국을 공격하기로 한다.

북아메리카 대륙에 있는 캐나다, 멕시코 등도 중국 공격을 시작한다. 일본은 겉으로는 미국을 돕는 척하면서 뒤로는 중국을 도왔다. 남아메리카는 긴 회의 끝에 비밀리에 중국을 지원했다.

중국에서 다양한 나라의 군인들이 모였고 아주 격렬한 전투가 시작됐다.

"중국과 미국의 전쟁에 유럽이 참전한 가운데 일각에서는 남아메리카에 있는 나라들도 중국을 지원한 것이 아니냐는 추측이 있습니다. 이게 증거 영상입니다. 영상을 보면 브라질 국기가 새겨진 군복을 입은 군인이 미군을 공격하는 모습을 볼 수 있습니다."

미국은 아주 큰 부담이 되었다. 남아메리카 전체가 중국을 지원한다는 것은 자칫하면 지리적으로 가까운 미국을 바로 침공할 수도 있는 것이기 때문이다.

미군은 남은 전력을 전부 국내 방어를 위해 재배치시켰다.

전 세계는 서둘러 세계 전쟁 소식을 알렸고, 각국의 사상자 수도 바로 집계해서 전쟁의 참혹함을 알렸다.

전쟁이 시작되고 6개월이 지났음에도 전쟁은 아직도 계속되고 있었다. 중국의 병력과 군수물자는 거의 바닥났고 미국도 꽤 큰 경제적 타격을 입고 있었다.

이를 이용해 남아메리카의 브라질, 칠레 등이 미국을 공격하기 시작했다. 미군이 많은 국토가 황폐해지기 시작하였다.

결국, 미국이 중국 본토에 핵폭탄을 기습적으로 사용하고 중국과의 핵폭탄을 주고받은 끝에 전쟁은 끝을 맺게 된다.

"뉴스 시작합니다. 어제 23시경 미국이 중국의 본토에 핵폭탄 3개를 날리며 전쟁이 끝났습니다. 미국이 핵을 날린 곳은 베이징, 상하이, 충칭입니다. 중국도 미국에 핵을 날렸습니다. 중국은 워싱턴, 텍사스, 캘리포니아주에 핵폭탄을 투하했습니다. 양국은 큰 타격을 입었습니다. 전체 국토의 약 68%가 황폐해지며 양국 국가 자체의 기능이 마비되었습니다."

대한민국과 북한은 미국이 중국과 싸우는 사이에 통일을 은밀하게 준비한다. 판문점에서 더 많이 자주 만나고 또 관련 전문가들끼리 만나서 통일비용을 계산한다.

미국과 중국의 전쟁이 끝날 시점에 통일을 선언한다.

"속보입니다. 공식 기자회견장에서 청와대 대변인이 북한과의 통일 의향이 있다고 밝혔습니다. 추가로 통일 예상 비용을 발표했는데 무려 3경에 달한다고 해 국민의 반발을 사고 있습니다. 전에 있던 코로나 19의 여파가 아직도 남아있는 가운데 3경이나 되는 통일비용을 감당해야 한다는 말입니다."

2267년

통일 한국이 세워졌다.

전쟁 이후 약 100년이 지나면서 드디어 여론이 통일을 해야 한다고 바뀌었고 통일을 위해 3경이라는 천문학적인 통일 비용을 마련할 수 있었다.

통일 한국 대통령은 한반도의 상징적 공간인 판문점에서 연설을 시작했다.

"여러분 지구상의 마지막 분단국가이자 오랫동안 분단되었던 대한민국과 조선민주주의인민공화국이 드디어 약 3경이라는 천문학적인 통일 비용을 마련하고 오랫동안의 준비를 거쳐 드디어 역사적인 오늘 7시를 기해 통일이 공식적으로 이루어지게 되었습니다. 저희는 앞으로 남북 간의 남아있는 갈등을 해소하려 노력할 것이며, 예상 가능한 범죄 예방에도 힘을 기울일 것입니다. 그리고 분단의 상징이었던 DMZ를 세계적인 생태 보존공원으로 만들 것입니다. 개성공단은 통일의 상징으로 만들어 세계적인 기업을 입주시킬 것이며 모든 교통수단으로 남북의 왕래가 자유로울 수 있도록 하도록 하겠습니다."

미국 대통령도 통일 한국 대통령 취임식 및 통일 기념행사에 참여했다.

미국 대통령은 "통일을 축하드립니다. 연설에서 말했던 것처럼 지구상의 마지막 분단국가이자 약 200여 년 동안 분단되었던 나라가 드디어 통일한 것은 아주 대단합니다. 앞으로 통일 한국의 앞날을 기대하도록 하겠습니다."라고 하며 통일 한국의 앞날을 축복해주었다.

"9시 뉴스를 시작하겠습니다. 한때 강대국이었던 미국과 중국이 서로의 전면전으로 인해 약해진 국력으로 많은 문제를 일으키고 있습니다. 양국 국민의 잦은 시위와 쿠데타 등으로 미국은 약 7개의 나라로 중국은 13개의 나라로 쪼개졌습니다. 이렇게 됨으로써 현재 G3 국가였던 한국은 이제 G1이 되면서 세계의 주도권을 잡게 되었습니다. 분열된 미국으로 인해 주한미군까지 철수한 상황에서 통일 한국이 G1의 위치까지 오르게 되었습니다."

현재 미국과 중국이 분열되면서 두 국가의 약 30% 정도의 산업시설과 군사시설이 소유권을 주장하기 힘든 상황이 되어서 그 여파로 저절로 세력이 약해지고 있다. 사실 미국에서 떨어져 생긴 국가들은 서로 견제하고는 있지만, 통일 한국의 성장은 더더욱 싫었다.

그들로선 예전에 G7의 위치도 안 되던 국가가 갑자기 전쟁 후로 G3까지 성장하더니 갑자기 G1의 역할을 맡게 된다는 것은 절대 있을 수 없는 일이었다.

그들은 일단 동맹을 해서 대한민국을 향해 나쁜 여론을 조성한 다음 국제사회에서 외톨이로 만들어 버리려고 하는 계획을 세우고 있었다. 그렇게 분열된 국가들은 비밀리에 서로 동맹을 맺고 그 조직을 USN이라 명명하고 가짜 뉴스를 제작하기 시작했다.

예를 들면 한국 군인이 다른 나라 민간인을 괴롭히는 장면과 같은 이상한 장면들을 악의적으로 짜깁기하거나 편집해서 세계에 퍼트리고 있었다.

하지만 그러한 뉴스가 조작된 것이라는 사실이 밝혀지는 데는 오래 걸리지 않았다. 오히려 뉴욕타임스와 BBC 같은 유명 언론사들은 그 사진이 조작된 것이라는 기사를 내었고 많은 사람이 USN의 속셈을 알게 되었다.

USN은 한국의 유명인사의 암살 시도까지 계획하게 되고 세계 사람들은 이와 같은 사실을 알고 더욱 분노한다.

통일 한국 대통령은 마침내 USN을 향한 선전포고를 하게 된다. "현재 미국에서 분열된 국가들로 이루어진 USN이 통일 한국의 유명인사들을 암살하려는 정황을 포착하였습니다. 우리 정부는 통일 한국 국민의 신변 보호에 힘을 쓸 것이며 만약 USN이 다시 도발해온다면 우리는 절대 용서치 않고 대응해 나갈 것입니다."

브리핑이 있고 열흘 뒤 통일 한국 대통령과 장관들은 카자흐스탄과의 정상회담을 마치고 카자흐스탄의 문화재들과 자연경관을 방문하려고 하던 중이었다. 보좌하던 국방부 장관이 물을 마시려고 하고 있었을 때 갑자기 총성이 메아리처럼 울려 퍼졌다. 하늘에서 총탄이 빗발치고 있었다.

카자흐스탄의 대통령과 통일 한국의 국방부 장관이 총탄에 맞아 사망했다. 국방부 장관과 카자흐스탄 대통령의 사망을 눈앞에서 지켜본 통일 한국 대통령은 절대 USN을 용서치 않고 그들에게 본때를 보여줄 것이라고 다짐했다. 그는 그들에게 선전포고했다.

"카자흐스탄을 방문하던 중 습격을 받아 국방부 장관과 카자흐스탄 대통령이 사망했습니다. 조사 결과 USN의 소행으로 밝혀졌습니다. 이것은 절대 용서할 수 없는 사안입니다. 이와 관련해 우리 정부는 안보 회의를 진행했습니다. 회의 결과 USN과 싸워야 한다는 결론에 도달하였습니다. 전쟁을 피할 수 없을 것 같습니다. USN은 각오해야 할 것입니다."라며 USN과의 사실상 전쟁을 선포했다.

통일 한국은 먼저 스텔스 비행기로 적진을 살피고 대륙간탄도미사일을 배치하고 휴가 나간 군인들을 모두 소집했다. USN도 연합군이 출격했다. 통일 한국의 전력은 그동안의 대비와 준비로 상당히 강했다. 이 전쟁에서 한국의 피해는 생각보다 적었지만, USN 연합의 피해는 상당했다.

이와 관련 USN 연합 내에서 불만의 목소리가 점점 커지고 있었다. 무리하게 전쟁을 진행한 것에 분노한 국민의 반발로 인해 분열되기 시작한 USN의 여러 나라는 힘을 잃었다. 통일 한국과의 전쟁 후 USN은 시간이 갈수록 더욱더 힘을 잃게 되었다. 이렇게 미국이라는 나라와 USN이라는 단체는 역사 속으로 사라지게 되었다.

분열된 중국은 다시 하나로 나라를 합쳤지만 단결하지 못해 힘을 키우지 못한다. 그래서 결국 또 다른 나라가 세워지게 되고 중국도 역사 속으로 사라지게 된다. 마침내 통일 한국이 G1을 차지했다. 한국은 미국, 중국, 일본을 대한민국으로 귀속시켰다.

"9시 뉴스를 시작하겠습니다. 전쟁이 끝난 현재, 미국, 일본, 중국의 영토를 통일 한국의 영토로 귀속시켰습니다. 이렇게 그동안 갈등이 잦았던 세계의 새로운 지도자 역할을 우리 대한민국이 할 것으로 기대됩니다. 앞으로의 세계는 우리 대한민국의 자주 평화 정신을 이어받아 지금까지와는 다른 평화롭고 이상적인 세계가 펼쳐질 것입니다. "

놀이공원에서 생긴 일

준현은 부모님과 여동생 지원과 행복하게 살고 있었다. 21xx 년 9월 15일 그날은 놀이공원을 가는 날이었다.

"와! 오늘 놀이공원 가는 날이에요! 가서 놀이기구도 타고 맛있는 것도 먹고 와요!"

"조금만 기다려, 금방 준비하고 갈 거니까."

1시간 50분 뒤 놀이공원에 도착했다.

"오늘 하루 동안 계속 탈 수 있으니까 마음껏 타라! 밥도 먹고 간식도 먹자. 자! 이제 타러 가!"

"오랜만에 애들이 마음껏 놀 수 있어서 좋네. 앞으로도 자주 나와야겠어. 적어도 2달에 1번씩은 오는 거야! 주말에 바람도 쐬고, 아이들도 신이 나고 일거양득이지"

"뭐 먼저 탈래? 롤코? 아니면 자이로드롭? 아니면…. 오! 저기 큰 기차가 있다! 저게 놀이공원 구석구석 다 다니나 봐! 저걸 타고 D 구역으로 가자! 레츠 고!"

"재밌겠다. 얼른 가자! 핸드폰은 챙겼지? 이따가 부모님이랑 연락해야 하니까 잘 챙겨."

준현과 지원이는 열차를 타고 D 구역으로 갔다.

"오! 저기 귀신의 집이야 저기 가 볼래? 정말 으스스하겠다. 저기 갔다 오면 내가 선물 사줄게. 빨리 가자!"라고 하며 지원이와 함께 귀신의 집으로 들어갔다.

지원이와 준현이가 빠른 속도로 귀신의 집을 보고 있을 무렵, 천장에서 귀신이 나왔다.

"으악! 뭐야! 귀신이다! 도망쳐!"라고 하며 뒷걸음을 치자 준현이가 시큰둥하게 말을 꺼냈다.

"야! 이런 건 다 사람이 들어가거나 가짜야~. 뭘 그렇게 무서워하냐? 봐봐 가짜지?"라며 지원이를 안심시켰다.

"그렇네, 아니 정말 놀랐다고! 그렇지만 이제 가짜인 걸 알아버린 이상 나를 막을 순 없지! 빨리 구경하고 다른 데로 가자!"

준현이는 서두르며 엄청난 속도로 놀이공원을 가로질러 가고 있었다.

그렇게 귀신의 집을 둘러보던 도중 좀비가 나왔다.

"이것도 가짜지. 이젠 너무 시시해."라고 지원이가 지루한 표정으로 말했다.

"지원아… 저건 진짜 좀비인 것 같아! 도망치자!"

지원이는 믿지 못했지만, 준현이의 표정이 심각한 것을 보며 의아해하며 일단 밖으로 나갔다.

귀신의 집을 나와 밖의 상황을 보니 정말 좀비들 천지였다.

좀비가 점령한 놀이공원은 핏빛으로 물들어 가고 있었다.

지원이의 손을 잡고 준현이가 다급히 외쳤다. "당장 도망쳐! 일단 원래 왔던 길로 가자! 기차역으로!"

그들은 미친 듯이 뛰어갔다.

기차역에 기차가 있었지만 이미 기차역을 반쯤 빠져나간 상태였다.

그들은 간신히 기차를 타고 좀비들을 피해 D 구역을 빠져나갔다.

다행히 놀이공원 입구였던 A 구역은 평온했다.

부모님을 만나서 있었던 일을 말했다.

부모님은 믿지 않는 표정이었지만 일단 쉘터에 가 보자고 했다.

쉘터는 놀라웠다. 최첨단식 입구에 쉘터 안에는 방이 여러 개가 있었고, 농장도 있었다. 그리고 의약품도 있어서 치료도 가능했다.

"일단 나중에 식량이 부족할지 모르니 마트에 가서 식량을 최대한 사오고 짐도 다 옮기자. 그리고 쉘터에서 상황을 보고 기다리자"

부모님은 차를 가지고 마트로 가기 시작했다.

마트에 가자마자 닥치는 대로 음식과 물을 사기 시작했다.

그리고 아이들한테는 장난감이랑 건전지, 핸드폰 충전 케이블, 보조 배터리 등을 가져오라고 했다.

"얘들아, 일단 사라는 건 다 가져왔지?"

부모님과 준현, 지원이는 생존 물품들을 가지고 쉘터로 향했다.

하지만 쉘터 앞은 좀비로 가득 차 있었다.

아빠가 다급하게 외쳤다.

"다들 내 말 잘 들어. 내가 총소리를 내면서 저놈들을 유인할 테니까 그사이에 생존 물품을 가지고 쉘터로 들어가 내가 마지막으로 들어갈게."

아빠는 총을 들고 총소리를 내면서 쉘터 반대편으로 뛰어갔다.

그 사이에 엄마와 준현이와 지원이는 생존 물품을 들고 쉘터 안으로 들어갔다.

그 사이 좀비를 유인한 후 아빠가 쉘터로 다급히 뛰어 들어오고 있었다.

"빨리 문을 닫아! 일단 빨리"

아빠가 입구 쪽으로 돌아오던 중 그만 발이 풀에 걸려 넘어졌다.

엄마는 입구를 사람 하나 들어올 만한 크기만큼을 남겨둔 채 버텼다. 그리고 손을 최대한 뻗었다.

"빨리 이 손 잡고 들어와요"

"난 틀린 것 같아. 빨리 닫으라고"

엄마가 최대한 빨리 아빠를 끌어낸 덕분에 아빠는 좀비에게 물리기 전에 쉘터 안으로 들어올 수 있었다.

쉘터에 있던 가족들은 여러 가지 정보를 종합해 생존 수칙을 세웠다.

1. 2주마다 밖으로 나가 식량을 얻는다.
2. 쉘터의 문은 평상시에 절대 열지 않는다.
3. 함부로 외부의 사람을 들이지 않는다.

그들은 2주마다 밖으로 가서 식량을 구해왔다.

1년 뒤 76%의 인구가 좀비에게 감염이 된 것 같다는 소식이 들려왔다.

가족들은 자체적으로 무기를 만들어서 좀비와 싸웠다.

어느 날 그들은 예전과 같이 마트로 가서 음식을 구하려던 참이었다.

운 나쁘게도 그날은 예전과 다른 패턴을 보이는 좀비가 산더미처럼 다가오고 있었다.

"으악! 좀비가 왜 저렇게 많아!"

"당장 옥상으로 도망쳐요!"

하지만 옥상도 이미 좀비가 점령하고 있었다.

아빠는 좀비를 온몸으로 막으며 버티고 있었고 그 틈을 이용해 가족들은 차례대로 밧줄을 타고 도망갔다.

그렇게 아빠는 좀비에게 둘러싸였고 눈으로 가족들과 작별 인사를 했다.

남은 가족들은 슬퍼할 겨를이 없었다. 어떻게든 살아남아 아빠의 희생을 헛되게 하고 싶지 않았기 때문이었다.

그렇게 아빠가 좀비에게 당한 지 7년이 흐르고 엄마도 병이 들이 상태가 위독해졌다.

준현과 지원이 치료하려고 애썼지만, 이 상황에서 엄마에게 맞는 지원을 받을 수가 없어 상태가 좋아지지는 않았다.

결국, 한 달 후 엄마와도 작별하게 되었다.

그들에게 편안한 안식처였다. 쉘터도 점점 고장 나고 있었다. 준현과 지원은 쉘터 안에 있던 캠핑카에 짐을 다 넣고 쉘터를 떠나기로 했다.

캠핑카를 타고 밖으로 나온 준현과 지원은 다른 생존자를 발견했다.

그 생존자에 정체는 준현과 지원의 예전 친구였던 유진이었다.

"유진아! 아직 살아있었구나! 만나서 반가워. 근데 어떻게 지금까지 살아남은 거야?"

"대박이다. 너희들 용케 아직 살아있었구나. 코로나 때문에 혹시 몰라서 음식을 많이 사둔 것이 도움이 됐어. 그걸로 어떻게든 버티면서 살아남았지. 그리고 우리 가족이 여행을 많이 다녔잖아. 그렇게 장만한 캠핑카가 있어서 그곳에서 지나다가 이쪽으로 오게 된 거야."라고 유진이가 크게 기뻐하며 말했다.

"지금 좀비들이 더 많아지고 있어. 큰일이야. 캠핑카도 언제 연료가 떨어질지 모르고 지금 이 상태로는 얼마 버티지 못할 거 같아. 그러니까 이곳에서 일단 좀비들을 막을 공사가 필요해. 그리고 이동할 연료도 더 구해야 해." 준현이 단호하게 말했다.

"걱정하지 마. 이곳에는 쇼핑몰 같은 곳이 많아서 주유소가 많이 있는 것 같아. 내가 알기론 근처 10km 안에만 주유소가 5개가 있어. 그러니까 연료가 부족하면 그곳을 돌면서 연료를 가져오면 되는 거지."

준현과 지원, 유진은 계획대로 주유소를 돌면서 연료를 모으고 있었다.

"이 정도면 충분하겠다. 일단 전 세계적으로 좀비 바이러스가 퍼진 거니까 이 연료로 섬으로 들어가는 게 좋을 것 같아. 근데 우리나라 섬은 남쪽에 좀 많이 분포되어 있어."라고 유진이 말했다.

준현이 곰곰이 생각하다. "그러면 남쪽으로 가자! 그리고 길이 많이 파손되어 있어서 가는데 평소보다는 더 오래 걸릴 거야. 운이 안 좋으면 4

일 넘게 걸릴 수도 있으니까 여기 근방 쇼핑몰에서 식량을 최대한 구하고 가자"

그들은 쇼핑몰로 갔다.

쇼핑몰은 금방이라도 쓰러질 것 같이 많이 망가져 있었고 내부도 난장판이 되어있었다.

준현이 "조심해. 언제 어디서 좀비가 나올지 몰라."라고 외치며 앞장섰다.

그렇게 식량을 챙기고 나오려던 찰나 좀비 무리가 나타났다.

유진과 지원이 좀비들과 싸우려고 했지만, 수가 너무 많았다. 자칫하다가는 전부 좀비에게 당할 수 있는 상황이었다.

결국, 유진이 미끼가 되어 좀비를 유인하고 준현과 유진이 식량을 차량에 옮긴 뒤 유진을 구하러 오는 계획을 세웠다.

"내가 미끼가 될 테니까 도망쳤다가 다시 와! 셋 세면 난 입구 반대로 도망칠게. 하나! 둘! 셋!" 유진이 반대로 뛰어갔다.

그사이 준현과 지원은 캠핑카로 달려가서 식량을 옮기고 다시 쇼핑몰로 유진을 구하러 왔다.

"저기 유진이다! 다행히 아직 살아있어.".

유진은 온 힘이 다 빠져서 간신히 캠핑카로 돌아왔다.

준현이 캠핑카에 시동을 걸며 기쁘게 외쳤다. "이제 섬으로 가자!"

"내가 다시 생각해보니까. 섬으로 가면 안 될 것 같아. 그동안 다시 온갖 방법으로 정보를 수집했는데 섬이란 섬은 이미 사람이 많다고 들었어. 그곳에서는 오히려 섬 밖으로 나가기도 쉽지 않아서 그중 한 명이라도 감염되면 무조건 죽을 거라고. 그리고 지금 백신이 연구소에서 개발되고 있다고 해. 차라리 우리 멀긴 하지만 그곳으로 가자."라고 유진이 말했다.

"그러면 그렇게 하자. 우리가 백신을 보급해서 최대한 많은 사람을 치료하는 거야." 그들은 그렇게 의학연구소로 향했다.

그렇게 나흘 동안 힘든 여정을 거쳐 의학연구소에 도착했다.

그곳에서 연구원 진수와 덕진을 만났다.

유진, 준현, 지원은 동시에 물어봤다. "여기서 백신을 개발하고 있다는데 사실인가요?"

진수는 "네 사실입니다. 저희 둘이 미리 맞아봤는데 효과가 있었습니다. 백신을 바로 맞게 해드리죠."라며 백신을 꺼내왔다.

덕수는 "저희가 좀비 사태가 일어나고 1년 뒤부터 백신 개발을 시작하고 그동안 많은 실험을 하였기 때문에 크게 문제는 없을 겁니다. 그리고 지금 근처에 백신 공장도 설립하면서 백신을 대량생산하였고 그 결과 3,000만 명분의 백신이 생산되었고, 지금 추가로 공장 2개를 더 확보하고 있으니 일주일만 있으면 5,000만 명분은 쉽게 생산할 겁니다."라고 했다.

백신이 성공한 것이다.

그렇게 그들은 백신을 보급하기 위해 소방서로 가고 있었다. 도중에 어떤 생존자 무리를 만났다. 생존자 무리는 갑자기 옮기고 있던 백신을 아무 이유 없이 모두 부숴 버렸다.

덕수가 "왜 이러는 거예요?! 이건 전 인류를 구할 수 있는 백신이라고요!"라며 울부짖었다.

그 무리 중 대장으로 보이는 사람이 이렇게 말을 꺼냈다.

"좀비가 되는 것은 저주와 질병이 아닙니다. 이것은 축복이자, 진화의 길입니다! 원래의 인간은 작고 약합니다. 고작 맹수들에게 죽을 정도로 약하죠. 하지만 좀비가 된 이상 웬만하면 절대 죽지 않습니다. 작고 약한 인간은 이제 없을 것입니다. 아주 강한 좀비만이 남아있을 뿐. 우리는 이 종을 이렇게 부르기로 했습니다. 호모 사피엔스 사피엔스 레볼 이라고요. 바로 '진화한 슬기로운 인간'이라는 뜻입니다."라고 했다.

덕수가 말을 꺼냈다.

"이게 무슨 뚱딴지같은 소리입니까?! 지금 바이러스로 인해 수많은 사람이 감염되고 죽었는데 이게 왜 진화입니까? 좀비가 되면 생명력은 끈질겨지지만, 지능이 낮아지는데 이것은 진화가 아니라 퇴보입니다. 인간은 약해서 맹수들에게 죽지만 다른 동물보다 높은 지능으로 인해 도구를 사용해서 생명을 유지하고 문명을 발전시켜 왔습니다. 이건 축복과 진화가 아니라 저주와 퇴화입니다."

대장이 다시 말했다.

"이런, 이런. 정말 말을 못 알아듣는군요. 좀비는 지치지 않습니다. 이런 좀비들이 우리에게 질 좋은 노동력을 제공해 주는 겁니다. 그것도 무료로요. 그러면 인류의 빈곤도 사라질 것이고, 전쟁도 일어나지 않겠지요. 그야말로 이 지상에 다시 올 수 있는 천국이 건설될 것입니다. 저희 뜻에 못 따르시겠다면 어쩔 수 없죠."

대장은 부하들에게 덕수를 죽이라고 명령했다.

덕수는 이렇게 백신을 보급하러 가는 길에 살해당하고 말았다.

진수는 "아니 덕수는 소방서에 간다더니 아직도 도착 못 한 건가? 무슨 일인지? 연락도 안 되고 한시라도 빨리 백신을 보급해야 하는데"라고 조급해했다.

이 와중에 백신 보급을 방해하는 무리 중에 대장이 덕수에게 얻은 정보를 토대로 그들에게 접근해서 습격했다.

"이런 이런! 백신을 살포하려고 하다니. 저들을 막아라!"라며 백신 파괴를 지시했다.

준현은 "빨리 백신을 가지고 도망쳐"

그 사이 백신을 거의 다 파괴한 대장이 끝까지 백신을 빼앗으러 달려들었지만, 준현과 진수가 온몸을 던져 대장을 막았다.

유진은 간신히 남은 백신을 가지고 도망치게 되었다.

그렇게 모두의 희생으로 지구에 희망이 보이기 시작했다. 시간이 걸리겠지만 우리는 어떻게든 살아남을 것이다. 인간은 그런 존재니까.

에필로그

안녕하세요! 미흡한 글을 읽어주셔서 감사합니다. 이 글을 보는 당신은 아마 안 읽고 넘겼거나, 반쯤 봤거나, 애매하게 봤거나, 끝까지 봤을 텐데 일단 안 읽고 넘긴 분은 그래도 읽어주시기를 바랍니다.

사실 소설이랑 시는 거의 처음 써 보는 거라서 좀 어려운 부분이 있었는데, 그래도 쓰는 게 재미없거나 힘들거나 하지는 않았어요. 그리고 소설을 쓰면서 '반응이 안 좋으면 어쩌지.'라고 생각하고 있었는데, 선생님이 남들에게 재미있는 것 보다 쓰는 사람이 재미있으면 된다고 하셔서 마음 편히 글을 쓸 수 있었어요.

첫날에는 뭘 쓸까에 대한 부담감과 걱정이 조금 있었는데 쓰다 보니까 별거 아니더라고요. 무엇인가 쓰는 것에 대한 걱정이 있으시다면은 일단 걱정하지 말고 도전해 보면 할 수 있을 거예요. 이 책의 수익은 쓴 사람들끼리 나눠 가지는 것은 아니지만 수익금을 기부하는 만큼 일단 책이 잘 많이 팔렸으면 좋겠고, 이 프로젝트(?)도 앞으로 더 잘 됐으면 좋겠습니다. 앞으로 우주이발소에 더 많은 관심 가져주시기를 부탁드립니다.

교육현장에서 글쓰기 열풍이 불고 있다. 이미 초중고교 수행평가 절반은 글쓰기 능력이 필요하다. 시도교육청에서 토론형·논술형 IB(International Baccalaureate) 교육과정을 도입하려는 움직임이 활발하다.

'책쓰기 동아리'를 운영하는 한상규 동북중 교사는 글쓰기 열풍에 대해 "책읽기가 지식을 탐색하는 수동적 작업이라면 글쓰기는 지식을 생산하는 능동적 작업"이라며 "4차 산업혁명이 화두인 교육현장에서 창의력을 길러주는 수단으로 인식되고 있다"고 말했다.

김주환 안동대 교수는 지난해 발표한 '중학생들의 작문능력 실태 조사 연구'를 통해 중2 학생 189명의 △설명 △설득 △서사 작문을 수집해 분석했다. 중2 학생들의 세 종류 글에 대한 평가를 모두 합산한 점수(100점 만점)는 49.53점이었다. 평균 50점 이하로 '중2 수준 작문에 필요한 지식과 기능을 습득했는가'라는 수준에 못 미쳤다. 학년이 올라가면서 정답 찾기에 익숙해질수록 글쓰기는 더욱 어려워진다.

학생들이 쓴 책 속에 실린 글과 그림. 스스로를 새싹에 비유하는 등 세상을 바라보는 학생들의 시각이 신선하다. 서울시교육청 제공 어떻게 체계적인 글쓰기 연습을 시켜야 할까. 글쓰기는 소재 찾기에서 출발한다. 일단 쓰고 싶은 이야기를 찾아야 한다. 우리 집과 가족, 학교생활 등 친숙한 경험을 자기만의 시각으로 바라보도록 유도한다. 초등학생에게 일기 쓰기를 권하는 이유다. 진로 갈등, 친구 관계 등 고민을 탐색하다가 글쓰기에 매료되는 경우도 많다.

'덮으면서 다시 시작하는 그림책' 저자인 이현아 홍릉초 교사는 "자기만의 이야기를 끌어내기 위해 마음에 남는 책 속 단 한 장면을 떠올리게 한다. 그리고 한 장면이 어떤 의미인지 쓰게 한다"고 말했다.

- 2018년 5월 10일 동아일보

802호의 그들

솔직히 더 쓸 수 있지 않았냐고 누군가가 물어본다면 딱히 거짓말할 마음도
없다. 더 쓸 수 있었다. 그런데도 더 안 쓴 이유는 다음부터 쓸 내용들은
누구나 예상할 수 있을 정도로 당연히 그들과 싸우는 내용이다. 물론 그걸로
끝내는 형식은 아니겠지만 하지만 주된 내용인 싸우는 내용을 내가 어떻게
표현해야 할지 몰라서 여기까지 쓴 것도 있고 나의 게으름과 귀차니즘이
섞어서 더 길게 쓰지 못했지만 언젠가 나머지 이야기를 쓸 날이 오기를
바라고 있다.

평상시대로 나는 아침에 일어나 담겨 있는 물에 간단한 세수를 하고 밥상에 앉아서 통조림을 먹고 있었다. 엄마는 방에서 문을 잠그고 나오지 않고 있고 동생은 언제나처럼 묶여 있는 채 가만히 있다. 동생은 이미 체력을 다 소비한 것 같다. 뭐 이제 보내줄 때도 된 것 같다. 하지만 지금 보내주기에는 아직도 미련이 남는다. 미안하고 불쌍하고 안타깝다.

나는 문을 열고 나갔다. 아파트의 불이 이제 완벽히 나갔다. 하긴 벌써 5달째이니…. 나는 다시 집에 가서 깜빡했던 꼬챙이를 들고 왔다. 나는 천천히 위층에 올라갔다. 옆집에 먹을 게 많아서 3달이나 버틸 수 있었다. (다른 집들은 좀 실망이 컸지만…) 밑에 층에 가기에는 위험하다. 밑에 층보다 위층은 역시 위험이 상대적으로 적다. 위에서 뚝 떨어질 수는 없으니.

먹을게 적어진 이상 올라갈 수밖에 없다. 해치우는 건 어렵지 않다. 하지만 그만큼 죄책감이 밀려온다.

위에 올라가니 아무도 없었다. '불행 중 다행인가?'. 나는 일단 바리케이드부터 설치하기 시작했다. 주변에 재료가 많아서 그나마 다행이었다. 대충하려고 했지만 역시 그럴 수는 없다. 그날 나는 너무나 큰 것을 잃어버렸다. 엄마는 정신이 나가서 문을 잠그고 방에 틀어박혔다. 문을 따고 들어가면 날 그냥 바라볼 뿐이다. 엄마는 무표정하다. 옛날 나를 웃으면서 봐주던 그 따스한 눈빛은 더 볼 수 없다. 이런 생각이나 하고 있으니 지금 하는 이 일이 별거 아닌 것처럼 느껴진다.

하지만 난 매우 긴장하고 있다. 바리케이드는 자전거나 나무 같은 되도록 튼튼한 물건으로 해야 한다. 이 아파트는 복도가 좁아서 재료가 많이 드는 것도 아니다. 이 바리케이드는 그저 내가 다른 사람들 집을 수색하고 있을 때 그 녀석들이 공격하지 못하게 막는 역할을 할 뿐이다. 대부분 녀석은 이유는 모르지만, 복도에 나와 있다. 운이 나쁘면 안에서 앉아 있는 녀석들과 마주할 때도 있다.

905호. 다행스럽게도 아무런 소리도 없다. 이럴 때 아무도 없고 있어도 내가 기습할 수 있어서 매우 유리한 상황이 된다. 일단 부엌을 살펴봤다. 피 같은 것들은 보이지 않는다. 칼이 떨어져 있기는 하지만 그 외의 특이 사항은 없다. 평범한 가정집 주방이었다. 아니, 이제는 이상적인 주방이다. 어딜 가든 주방은 피가 여기저기 흩뿌려져 있고 시체와 칼이 나뒹구는 곳이었으니까.

나와 우리 가족은 벌써 2개의 아파트를 거쳐 이곳에 온 것이다. 이곳에 올 때는 저녁이었다. 가로등도 작동을 하지 않기에 매우 어둡다. 한 치 앞도 잘 보이지 않는다. 하지만 아직 꺼지지 않은 먼 곳에 있는 희미한 가로등 덕분에 어둠에 익숙해지면 앞이 그나마 보인다. 동생은 엄마와 함께 내 뒤를 따라왔다. 그때까지만 해도 엄마는 이상해지지 않았고 동생도 물리지 않았었다.

아무튼, 새로운 아파트에 올 때는 1층부터 6층까지는 무조건 뛰어야 한다. 그 녀석들은 사람과 똑같은 능력을 보유했지만, 귀가 훨씬 안 좋고 지능이 낮다. 그래서 큰소리를 내지 않는 이상 문제없이 올라갈 수 있다. 가끔 계단에 서 있는 녀석들은 쇠꼬챙이로 무찌른다. 내 쇠꼬챙이는 녀석들을 무찌르기 위해 칼을 덧붙여 만든 것이다. 정육점에서 가져온 거라 부드럽게 잘린다. 녀석들은 찌른다고 소리를 지르는 것도 아니다. 하지만 공격하기 전에 먼저 끝내는 것이 안전하다.

덜컹. 갑자기 큰 소리가 났다. 너무 딴생각에 잠겨 있었다. 뒤에서 온 녀석을 보지 못한 건 내 실수다. 다행히 이 녀석은 집안에만 있어서 힘이 약해서 무찌를 수 있었다. 탁탁탁. 갑자기 손바닥으로 나무를 치는 소리가 났다. 조금 전에 난 큰소리로 그 녀석들이 이쪽으로 달려오다가 바리케이드에 가로막힌 것이다. 튼튼하게 막아둬서 상관없다. 녀석들은 일반 사람보다 힘이 약하니까.

처음에는 녀석들의 힘이 엄청나게 세서 성인 남성들이 그 녀석들에게 당하곤 했다.

다들 예상했겠지만, 이 녀석들은 3년 전 우리나라 전역을 공포로 몰아넣던 녀석들이다. 처음에 군인들은 그 녀석들을 쏘면서 매우 큰 죄책감을 느꼈다고 한다. 왜냐하면, 그들은 일반 사람과 똑같았다. 특히 가만히 앉아 있는 녀석들은 입가에 묻은 피가 아닌 이상 일반인과 다를 바가 없기 때문이다.

나는 정신을 차리고 녀석을 처치한 다음 음식을 찾아 밑으로 내려왔다. 오늘도 겨우 하루를 넘겼다. 내 방으로 들어가서 침대에 누웠다. 포근했다.

이 아파트에 처음 왔을 때 그들이 다른 곳에 비해 많았지만 안전하게 8층에 갈 수 있었다. 한 층에 총 10개 가구로 이루어져 있는 아파트였는데 지금 있는 802호로 온 이유는 805호 쪽은 너무 계단이랑 가까워 갑자기 그들이 바리케이드를 뚫고 들어와도 내가 준비할 시간이 있기 때문이었다. 그런 측면에서 810호 쪽은 비상계단과 가까워 오히려 위험했다. 사실 801호가 제일 적합했는데, 801호는 생활할 수 없을 정도로 피가 여기저기에 흩뿌려져 있었다. 그래서 그 옆인 802호에서 생활을 하는 것이다. 807호를 수색할 때 향이 있어서 이곳에 가져와서 사용했다. 그 향 덕분에 이곳은 피비린내가 많이 나지 않았다. 그것이 나를 더욱 안심시켜준다.

타다 다당. 갑자기 나는 큰소리에 벌떡 일어났다. 창문을 내다보니 민간 군들이다. 오랜만에 사람을 봐서 반가웠지만 어렸을 때 민간 군에 대하여 안 좋은 기억이 있어서 구조 요청을 하고 싶진 않았다. 하지만 나 혼자서 엄마를 돌보면서 먹을 것을 구하고 그들까지 막는 건 매우 힘들어서 쓰러져 있는 민간군 한 명의 주머니에서 찾은 무전기를 꺼내서 도움을 요청했다. 이렇게 무전을 하면서 소리를 내는 것은 주변에 있는 그 녀석들을 끌어모아서 매우 위험했다. 이런 위험을 무릅쓰고 도움을 요청했지만 민간 군이 저렇게 멍청하게 전면전을 하면서 들어올 줄은 몰랐다. 도움을 요청한 것이 바로 후회되었다. 군인들은 멍청하게도 밀폐된 아파트에 아무 대비 없이 곧바로 들어왔다.

밑에 층은 내가 방어를 해두었지만, 밖에서 들어오는 녀석들 전부를 막기에는 불리하다. 탁 트인 곳보다는 좋지만 이런 밀집된 아파트는 변수가 많다. 일단 밖으로 나가서 "여깁니다!"라고 외쳤다. 다행히 바로 들었는지 8층으로 달려 올라오기 시작했다. 일단 우리 집으로 바로 들어가지 않고 그 옆집으로 들어갔다. 민간 군은 긴장해 있었지만 살았다는 안도감도 섞여 있는 것 같았다.

우리는 바로 나갈 준비를 서둘렀다. 민간 군의 자동차는 군용트럭으로 여러 명이 탈 수 있다. 일단은 그놈들이 여기저기서 나올 수 있으므로 내일 저녁에 움직이기로 했다. 지금 나가는 것은 총소리에 자극이 되어있는 그놈들에게 나를 먹어달라고 하는 것과 같다. 우리는 모두 휴식을 취했다.

드디어 밤이 되었다. 그놈들도 어제처럼 흥분된 상태가 아니다. 지금 나가면 된다. 일단 내가 먼저 나가서 동선을 확인하기로 했다. 나는 여태껏 그들 사이에서 살아와서 습성을 잘 알고 있기 때문이다. 중앙 계단은 역시 그놈들로 가득 차 있었다. 어제 큰 소리가 났던 곳에 모여 있는 것이다. 810호 쪽 비상계단을 가 보니 많지는 않지만 그렇다고 적은 수도 아니었다. 결국, 마지막 방법으로는 11층에서 큰소리를 내서 모이게 하는 것밖에 없다. 그렇다고 직접 올라가기에는 아직 이곳을 완벽하게 알지 못하기 때문에 어디서 나올지 알 수 없다. 이제 안전하게 가는 방법은 없다 정면돌파밖에 없다. 나는 일단 802호로 들어가 엄마만 모셔 나왔다. 동생은 어쩔 수 없으므로 일단 놔두고 나왔다. 다른 방법이 없지 않은가? 민간 군이 보면 분명 가만두지 않을 것이니…. 더군다나 집에 있던 식량도 바닥났다. 위층에 가면 얻을 수는 있지만 이제 더 얻을 필요는 없다. 어차피 정면 돌파해야 하는 상황이니 중앙 계단을 뚫기로 하였다. 준비를 단단히 하였다. 민간 군이 맨 앞에서 가고 나는 엄마를 데리고 작은 권총을 들고 엄호하기로 하였다. 나는 민간 군에게 지금까지 알게 된 그것들의 습성을 알려줬다. 이들은 그동안 전면전을 해왔기 때문에 그들의 습성을 알 리가 없었다.

조용히 군용트럭이 주차된 곳으로 갔다. 다행히 그곳에는 한 마리도 없었다. 시동을 걸자 큰소리가 났다. 다다다. 달려오는 소리가 여기저기서 들렸다. 일단 여기서 벗어나는 것이 먼저였다. 민간 군은 이런 일이 자주 있었는지 빠르고 능숙하게 그곳에서 벗어났다. 큰 교전 없이 탈출에 성공했다.

일단 민간 군의 전초기지로 가기로 했다. 가는 내내 그들이 달려오는 소리로 시끄러웠다. 가끔 앞에서 갑자기 나타났지만 치고 지나가 버렸다. 그렇게 2일을 쉬지 않고 달렸다. 이따금 민간군 녀석들이 돌아가면서 운전할 뿐이다. 엄마는 조용히 그러나 꽤 존재감 있게 웅크려 있었다. 나는 엄마 옆으로 가서 나도 모르게 엄마에게 기대어 잠들고 말았다.

오랜만에 꾸는 꿈이다. 동생과 엄마가 함께 있는 모습이다. 내가 가장 꾸기 싫어하는 꿈이다. 행복한 웃음. 모두가 희망이 가득 차서 서로를 격려하는 모습. 그날. 1년 반 전에 있던 일이다. 새로운 집 근처를 둘러보기 위해 엄마와 동생이 나가 있었다. 나는 몸 상태가 안 좋아서 집에서 자고 있었다. 갑자기, 꺅. 엄마의 비명이 들렸다. 눈이 번쩍 떠져서 바로 달려 올라갔다. 다행히 아무도 안 다쳤다. 언제나처럼 복도를 걷다가 만난 그놈들을 물리치다가 엄마가 복도 난간에 부딪혀 떨어질 뻔한 거다. 천만다행이다. 하지만 문제는 그때부터였다. 바리케이드 쪽에서 쾅광하는 소리가 났다. 비상사태이다. 바리케이드가 무너진 것이다. 우리는 바로 그쪽으로 달려갔다. 하지만 그곳은 아직 수색이 끝난 곳이 아니었다. 그렇다. 그곳에는 그들이 여기저기 있다. 당황한 나머지 우리는 주변을 둘러볼 틈도 없이 무작정 간 것이다. 뒤에서 동생의 비명이 울려 퍼졌다. 백신이 발명

되었지만, 우리에게는 없다. 동생은 그렇게 감염된 것이다.

옆에서 누군가가 흔들어서 잠에서 깼다. 그나마 가장 최악의 순간에서 꿈이 깬 것이 다행이지만 그보다 더 최악은 현재까지 아무런 표정 없이 살아가는 나의 모습이다.

일단 주유소에 도착했다. 그 먼 거리를 이동하다 보니 연료가 떨어진 것이다. 여기저기 들쑤시고 다니면 연료가 부족할 수밖에 없다. 앞으로 3km 정도 더 가면 된다고 한다. 여기서부터는 금방이라고 한다. "4시간이면 도착하니 준비하렴" 갑자기 동생이 생각난다.

'그날 내가 정신을 차리고 좀 더 조심했어야 했는데…' 갑자기 동생이 나타났다. 살아서 웃던 그 모습. 하지만 좀 달랐다. 그 웃는 표정은 비웃는 표정이었기 때문이다. 심장이 얼어붙는 것 같았다. 동생은 곧 사라졌다. 창백해진 내 표정을 보며 민간군중 한 명이 "왜 그래? 무슨 일 있어?" 하며 걱정스러운 표정을 지었다. 나는 웃으며 별일 아니니 신경 쓰지 말라고 하였다.

드디어 민간 군의 전초기지에 도착했다. 일단 이곳을 담당하는 초소장을 만나기로 했다. 여기는 국가 비상시에 국가의 인사들이 대피하는 장소로 최첨단 장비와 큰 창고가 있어서 최적의 장소였다. 그래서 경비도 삼엄하다. 옆에 있던 비서가 눈을 검사했다. 들어올 때도 검사했지만 한 번 더 철저하게 하는 걸 보면 초소장 외에는 이곳을 지휘할 사람이 없다는 것이 짐작됐다.

안으로 들어갔다. 초소장의 모습을 보고 솔직히 실망했냐고 물어보면 아니다. 오히려 좌절에 가까웠다. 들어갔을 때 카리스마 넘치고 전투 훈장이 있는 멋진 소장을 기대했다.

하지만 여자아이가 앉아 있었다. 그것도 이쁘장하게 생긴 아이가 혼자 게임을 하면서. 그녀는 나에게 인사도 하지 않고 게임에만 열중했다. 다가

가 인사를 하자 그 아이는 "아 잠시만 기다려봐 신기록 달성 중이야"라고 했다. 나는 어이가 없어서 핸드폰을 뺏어버렸다. 그 아이는 빈정이 상했는지 입을 삐죽 내밀었다. 내가 다시 한번 인사하자 그 아이는 "쓸모가 있을 것 같아서 구출하라고 보내는데 어린애였군. 좀 더 나이가 있고 힘이 센 편이 우리에겐 좋을 텐데"라고 했다. '자기가 더 어리면서'.

자세히 보니 키가 작아서 어린아이로 보였지만 중학생 정도로 보였다. 나는 그 아이에게 "안녕, 이민규 라고 해"라고 인사를 했다. 그 아이는 "안녕~ 나는 이곳의 초소장을 맡아서 구출 작전 승인과 식량 확보 등을 관리하는 강은서 라고 해 앞으로 소장이나 이름으로 불러"라고 하였다. 은서는 자신이 이곳에 있는 것에 대해서 불평을 늘어놓았다. "상부 녀석들이 어린 나를 왜 군이 이런 최전방으로 보냈는지 모르겠어."라고 말했다. 솔직히 소장이 할 말은 아니지만 어리기 때문에 그냥 귀엽게 보였다.

하지만 진짜 문제는 은서가 과연 이런 조직을 잘 통솔 할 수 있는지였다. 어리기도 하고 더군다나 여자여서 믿음이 안 갔다. 은서도 내 생각을 읽었는지 웃으면서 "음. 다들 내가 어려서 처음에는 못 믿기도 하고 초면에 무례하게 말하기도 하는 데 너는 아니구나? 이 상황에 꽤 침착해. 꽤 특이한 사례네"라고 했다.

"그런데 어린 네가 이런 중요한 조직을 지휘하는 이유가 뭐야?"

은서는 하늘을 콕콕 찌르면서 "나는 이 상황이 생기고 나서 군대에 끌려갔어, 뭐. 운이 좋아서 재능이 있다는 걸 알아서 폐기처분은 피했지." '폐기?. 폐기라고?' 이게 무슨 말인지 모르겠다. 대피한 사람들은 다 모여서 안전한 곳에서 사는 줄 알았다.

"폐기라니 무슨 말이야. 후방에 간 사람들은 부산 주변에 있던 거 아니었어?"라고 하자

은서는 "너 후방에 안 가봤구나? 후방은 지금 식량 부족 때문에 중요한 사람이거나 정부 인사들의 자식이 아닌 이상 언제 미끼로 쓰일지 알 수

없는 상황이야. 그중에 재능이 있는 아이들은 각각 중요한 곳에 보내져 이곳 최전방 전초기지도 예외는 아니지. 쉽게 말해 나는 지휘에 재능이 있어. 그리고 이곳에 있으면서 경험도 얻었지, 네가 걱정하는 일은 없을 거야"라고 말했다.

이렇게 말한다고 그걸 그대로 믿으면 그거야말로 멍청한 일이다. 사람은 의심할 줄 알아야 한다. "아 혹시나 해서 말하는데 후방에 갈 생각은 하지도 않는 게 좋아. 왜냐면 넌 거기에 가자마자 실험대에 오르거나, 죽거나, 미끼로 쓰일 거거든. 지금 인력 대부분은 기계로 대체되고 있고 여기저기서 사람들이 죽어 나가는데 너라고 안전할 리가 없지 그래도 사람들이 아직까진 착해서 나이 많은 사람은 건들지 않기는 해"

은서가 하는 말은 사실인지 알 수 없지만, 그녀의 진지한 말과 표정에서 거짓이 아님을 어느 정도 깨달을 수 있을 것 같았다. 결과적으로 말하자면 난 후방에 갈 마음으로 이곳으로 왔지만, 그 생각을 포기했다. "난 후방에 가서 엄마를 돌볼 생각으로 여기에 온 건데 네 말을 듣고 보니 그런 생각이 싹 사라졌네. 엄마 좀 부탁해도 괜찮을까?"라고 나는 그녀에게 부탁했다.

은서는 "설마 놀고먹으려 하는 건 아니겠지? 너희 엄마 돌보는 비용은 네가 몸으로 때워야 해"

역시 그냥 돌봐주는 건 무리인가. "그러니까 네가 엄마 몫까지 2인분의 역할을 해야 해. 당연하잖아." 생각보다 그리 착한 것 같지는 않다. 갑자기 내 뒤에 있던 문이 열렸다. "초소장님 서울지역 사령관한테 전화가 왔습니다. 지금 당장 바꿔 달라고 하는데요?"라고 비서가 말했다.

그녀는 바로 일어나서 "오늘은 급한 일이 생긴 거 같으니 내일 이야기하도록 하자"라고 말하면서 먼저 나가버렸다. 아직 물어보고 싶은 게 있는데. 특히 내가 무슨 일을 할지 궁금했다. 또 최전방으로 나가는 임무를 맡는 것은 아닌지 걱정이 되었다. 일단 올라가기로 했다. 비서가 눈치를

졌다. 나는 그녀를 따라 올라갔다. 위로 올라가니 나를 데리고 왔던 사람들이 나와 같이 가기 위해 기다리고 있었다.

약 2년 전에 일이다. 어느 날 내가 지내던 아파트 쪽으로 민간 군이 왔다. 그들은 생존자들을 구조하고 있었는데 민간 대원중 1명이 물리고 말았다. 그들은 한치에 망설임도 없이 물린 대원을 쏘았다. 그리고 대원을 던져서 그놈들을 막는 데 사용했다. 그런 민간 군들의 비인간적인 행위가 나에겐 트라우마로 남았다. 이미 물린 사람을 총으로 쏜 것까지는 어쩔 수 없지만 좀 전까지 동료였던 사람을 일말의 망설임도 없이 도구처럼 사용하는 모습에 질려버렸던 터이다. 그날 이후로 난 민간 군에 대한 안 좋은 생각을 가지게 되었다. 그래서 이번에도 그들과 함께 최전방으로 가는 것이 무서운 것이다. 나도 그렇게 당할까 봐. 하지만 살아남기 위해서 최전방으로 가야 한다면 갈 수밖에 없을 것이다. 그것이 엄마와 내가 살아남는 유일한 방법이니까.

올림픽에 대해서

전 세계인들이 하나가 되어서 함께 경쟁하고 화합하는 축제가 있습니다. 제가
이번에 소개할 이야기는 바로 올림픽입니다.

전 세계인들이 하나가 되어서 함께 경쟁하고 화합하는 축제가 있습니다. 많은 사람은 올림픽이나 월드컵을 말할 겁니다. 이중 제가 이번에 소개할 것은 바로 올림픽입니다. 먼저 올림픽이란 IOC가 4년마다 개최하는 국제 스포츠 대회를 말합니다. 또 올림픽은 근대 올림픽, 하계올림픽, 동계올림픽 그리고 패럴림픽으로 나뉘게 됩니다. 이 3가지의 올림픽 중 저는 하계올림픽에 대해 자세히 말하려고 합니다.

여러분은 하계올림픽의 역사가 어떤지를 아십니까? 아주 먼 옛날 올림픽은 제우스 신을 모시는 제전경기로 시작했다가 나중에는 하나의 제전의식으로 발전하게 되었습니다. 여러분은 고대 올림픽도 4년 주기로 열렸다고 생각하십니까? 실제로 고대 그리스가 4년 주기로 개최되었을까요? 사실 기원전 776년 에리스의 왕이피테스가 올림픽을 부활시키기 전까지는 8년 주기로 올림픽을 개최하였습니다. 왜 4년이 아닌 8년을 기준으로 개최되었는지 이유가 궁금하실 수도 있는데 그 이유는 의외로 간단합니다. 고대 그리스에서는 숫자 8을 완전무결하게 맞아떨어지는 것으로 보았기 때문이었습니다.

이제 역사에 대해 알게 되었으니 이번에는 종목에 대해 말해보겠습니다.

1. 하계올림픽
하계올림픽에는 여러 가지 종목들이 있는데 저는 구기 종목, 사이클 종목, 수중종목, 격투 종목 그리고 기타 종목으로 나뉘게 됩니다.

먼저 구기 종목에 대해 말해보겠습니다.

1-1 구기 종목
구기 종목에는 골프, 농구, 럭비 세븐, 배구, 배드민턴, 수구, 야구, 축구

탁구 테니스, 핸드볼이 있습니다.

골프는 2016 리우 올림픽을 통해 다시 복귀한 스포츠입니다.

골프는 다양한 클럽을 이용해 공을 쳐서 차례로 승패를 정하는 경기입니다. 골프 경기에는 2가지 토너먼트 방식이 있는데 하나는 매치 플레이이고, 또 하나는 소요된 총 타수를 카운트하는 스트로크 플레이입니다. 올림픽에서는 스트로크 플레이를 사용하고 있습니다. 골프가 올림픽 무대로 복귀하자마자 우리나라의 박인비 선수가 금메달을 따내었습니다. 여러분이 많이 아는 박세리 선수는 올림픽에서는 메달이 없고 1998년에 열린 US오픈 대회에서 우승을 차지하였습니다.

농구는 1936년 베를린 올림픽에서 남자농구가 그리고 1976년 여자농구가 정식종목이 된 역사 깊은 스포츠입니다. 농구는 다섯 명으로 구성된 두 팀이 28mX15m 크기의 코트에서 상대의 바스켓 안으로 공을 집어넣어 득점을 올리는 경기입니다. 3점 슛 라인 밖에서 공을 던져 넣으면 3득점, 라인 안쪽에서 공을 넣으면 2득점을 합니다. 그리고 경기 시간은 10분씩 4쿼터입니다. 농구라는 종목을 생각하면 가장 먼저 떠오르는 국가인 미국은 대부분의 올림픽에 나올 때 NBA 최고의 선수들로 구성된 드림팀을 구성하여 참가합니다. 이러한 팀으로 미국은 2004년 아테네 올림픽을 제외한 1992년 바르셀로나 올림픽부터 2020 도쿄올림픽까지 금메달을 따게 됩니다. 금메달 수상에 실패한 2004 아테네 올림픽에서는 동메달을 수상하면서 1992년 바르셀로나 올림픽부터 2020년 도쿄올림픽까지 모든 대회에서 메달 수상을 하는 대단한 기록을 세웠습니다. 앞으로 다가오는 올림픽에서도 미국은 계속 메달 수상을 할 수 있을까요?

럭비 세븐은 2016년 리우 올림픽 때 럭비란 이름 대신 들어오게 된 스포츠입니다. 럭비 세븐은 한 팀이 7명으로 구성된 럭비를 말합니다. 럭비는 직사각형의 경기장에서 타원의 럭비공을 상대편 골대 혹은 엔드라인 너머로 보내 득점하는 구기 종목입니다. 득점 방식은 3가지가 있는데 트

라이 컨버전킥 그리고 페널티킥입니다. 먼저 트라이는 럭비공을 상대편 진영에 터치하는 것이고 컨버전킥은 트라이 성공 시 주어지는 킥입니다. 그리고 페널티킥은 상대편 선수가 반칙을 범해 얻는 것입니다. 경기 시간은 전후반 각 7분이고 후식 시간은 1분분입니다.

배구는 1947년에 처음으로 국제 배구 연맹이 창설되고 1962년 도쿄올림픽에서 처음으로 채택된 스포츠입니다. 배구는 두 팀이 18mX9m 규격의 코트에서 네트를 사이에 두고 치르는 구기 종목입니다. 올림픽 배구에서 각 팀은 12명의 선수를 둘 수 있으며 코트 위에는 6명이 출전하게 됩니다. 주의해야 할 규칙으로는 3회 이내에 터치로 상대 코트에 보내야 한다는 것입니다. 우리나라는 2012년 런던 올림픽과 2020년 도쿄올림픽에서 4강 신화를 이루어냈습니다. 이번 도쿄올림픽 여자 배구 예선전에서 일본에 역전승하면서 본선 진출을 확정을 짓는 장면은 매우 인상 깊었습니다.

배드민턴은 1992년 바르셀로나 올림픽에서 정식종목으로 채택된 종목입니다. 경기는 3판 2선승제로 진행되며 각 게임은 21점을 선취하는 선수가 승리하게 됩니다. 만약 2점 미만으로 계속 동점이 이어지면 2점 차가 날 때까지 세트가 이어지게 되지만 계속 승부가 나지 않는다면 30점을 먼저 채우는 팀이 이기게 되는 스포츠입니다. 배드민턴에서 강한 팀으로는 대표적으로 중국이 있는데 1992년부터 31개의 메달을 따내었습니다.

수구는 1900년 제2회 올림픽인 파리올림픽에서 처음 등장한 팀 스포츠 중 가장 오래된 스포츠입니다. 그러나 여자 수구 같은 경우에는 2000년 시드니 올림픽이 되어서야 정식종목이 되었습니다. 수구는 30mX20m 면적, 최소 2m 깊이의 경기 구역 내에서 자유롭게 움직일 수 있습니다. 경기는 4쿼터로 구성되며 한 쿼터의 길이는 8분입니다. 골키퍼 외의 선수들은 공을 한 손으로만 다룰 수 있으며, 공격 시작 30초 이내에 반드시 숏을 시도해야 합니다. 수구 메달의 대부분은 유럽 대륙 팀들이 차지하고 있습니다.

야구가 올림픽에 참가한 역사는 상당히 오래되었으나 정식종목으로 채택된 시기는 1984년 LA 올림픽이었습니다. 그러나 2008년 베이징올림픽 이후 올림픽 종목에서 빠졌다가 2021년 도쿄올림픽에서 정식종목으로 다시 돌아오게 되었습니다. 야구는 9이닝 동안 2팀이 수비와 공격을 번갈아 하면서 해 더 큰 점수를 내는 팀이 이기는 스포츠입니다. 우리나라는 2008 베이징올림픽에서 올림픽 야구 역사 최초로 무패우승을 달성하게 됩니다. 그러나 2020 도쿄올림픽에서 일본에 지고 미국에 지고 도미니카공화국에도 져서 4위를 하게 되었습니다. 과연 2024 파리올림픽에서는 2008년 베이징올림픽의 영예를 찾아올 수 있을지 궁금합니다.

축구는 1900년 파리올림픽에서부터 2021년 도쿄올림픽까지 한 번도 빠진 적이 없던 가장 인기가 많은 구기 종목입니다. 축구는 전반 45분 후반 45분으로 나뉘어 있으며 그사이 쉬는 시간이 15분이 있습니다. 과거 올림픽 축구에서는 나이 제한이 없고 프로선수 제한이 있었습니다. 그런데 사회주의 국가에서는 프로리그가 없기에 운동선수가 직업인 사람도 올림픽에 나갈 수가 있었습니다. 그 결과 과거 올림픽 축구 메달은 사회주의 국가들이 쓸어가게 됩니다.

이런 일이 계속 반복되자 IOC는 올림픽 축구에서 프로 제한을 없애고 대신 나이 제한을 두게 되었습니다. 올림픽 축구에서 가장 많은 금메달을 보유한 나라는 헝가리와 영국으로 각각 3개씩 가지고 있다. 우리나라는 2012년 런던 올림픽에서 축구 종주국이자 홈팀인 영국을 8강에서 꺾고 4강에서 브라질에 아쉽게 져 일본과 3, 4위 전을 하였는데 이때 일본을 꺾고 3위를 한 것이 역대 최고 기록입니다.

탁구는 1988년 서울올림픽에서 정식종목으로 채택된 구기 종목입니다. 탁구는 직사각형 모양의 테이블 위에서 내 테이블에 닿지 않고 상대 테이블로 네트에 걸리지 않고 공을 보내는 종목입니다. 이 탁구는 한 나라가 엄청난 강세를 보이는데 바로 중국입니다.

중국은 어디를 가나 탁구장이 있을 정도로 탁구에 대한 사랑이 넘쳐납니다. 그 사랑은 올림픽 메달 결과로 나타났는데, 중국 탁구 금메달의 개수는 무려 30개나 됩니다. 금메달 개수가 2위인 우리나라는 중국의 10분의 1인 3개입니다. 이 귀한 메달은 유남규 선수와 유승민 선수가 남자 단식에서 얻고 한정화 선수와 양영자 선수가 여자 복식에서 한 조를 이루어 내 얻어낸 결과입니다.

테니스는 1896년 제1회 올림픽부터 1924년 하계올림픽까지 정식종목으로 있다가 잠시 사라진 뒤, 1988년 서울올림픽에서 다시 정식종목으로 채택되었습니다. 테니스는 탁구의 큰 버전이라고 생각하면 됩니다. 탁구와 마찬가지로 자신의 진영에서 상대의 진영으로 공을 보내는 종목입니다. 테니스는 특이하게 처음 채택 후 12년 후에 다시 채택되었고, 그 후 8년 동안 3.4위 전을 하지 않고 공동 동메달을 수상했습니다. 안타깝지만 현재까지 우리나라에서 메달을 수상한 적은 없습니다.

핸드볼은 1950년 뮌헨올림픽에서 정식종목으로 채택된 구기 종목입니다. 핸드볼은 코트 내에서 손으로 드리블이나 패스로 상대 팀의 골대에 골을 넣어 더 많은 골을 넣은 팀이 이기는 종목입니다. 발 대신 손을 쓴다는 것과 퇴장을 당하여도 정해진 시간이 지나게 되면 다시 경기에 들어올 수 있다는 점을 제외하면 축구와 비슷한 종목이라고 볼 수 있습니다. 우리나라는 1984년 로스앤젤레스 올림픽을 시작으로 2004년 아테네 올림픽까지 2000년 시드니 올림픽을 제외하면 모두 메달을 땄습니다. 여태까지 우리나라 핸드볼은 남자팀보다는 여자팀이 국제 대회들에서 더 두각을 냈는데 앞으로는 남자 핸드볼팀 또한 국제 대회에서 입상하면 좋겠다고 생각하였습니다.

1-2 사이클 종목

사이클은 올림픽에서 메달 수가 3번째로 많은 종목으로 선수들이 많은 메달을 딸 수 있는 종목 중 1개입니다. 사이클 종목은 크게 트랙, 도로, 산악자전거로 나뉘게 됩니다.

트랙 사이클은 1896년 아테네 올림픽 때부터 자리를 지킨 역사가 깊은 종목입니다. 이 종목은 벨로드롬에서 선수들이 극한의 스피드 싸움을 하는 종목입니다. 이 경기를 치르는 벨로드롬은 기울기가 있는 옆면으로 둘러싸인 스타디움이라고 생각을 하면 됩니다. 매우 빠른 속도로 경사면이 있는 벽면을 타는 종목이다 보니 작은 요소로 인한 사고가 많이 일어날 수도 있습니다. 따라서 경기가 끝나기 전까지는 긴장을 풀 수가 없는 박진감 넘치는 종목 중 하나입니다. 또 이 종목은 페달을 밟는 힘이 매우 중요합니다. 이 힘을 키우기 위해 많은 선수는 열심히 운동하지만 짧은 시간에 큰 효과를 내기 위하여 불법적 약물을 사용하여 힘을 키우는 소수의 선수도 있습니다.

경륜은 2000년 시드니 올림픽에서 처음 채택이 돼 다른 사이클 종목보다는 비교적 역사가 짧은 종목입니다. 이 종목은 동시에 여러 선수가 출발하여 먼저 들어 오는 선수가 우승하게 되는 종목입니다. 선수들은 한 경기에 자전거를 2,000m 타야 합니다. 이 종목은 좀 신기한 점이 있는데, 바로 오토바이를 탄 유도 요원이 있다는 점입니다. 이 유도 요원이 나가기 전까지는 유도 요원을 역전해서는 안 되고 유도 요원이 나간 후부터 선수들은 자신의 전속력으로 달려 속도 경쟁을 하게 됩니다.

도로 경기는 1896년 아테네 올림픽에서 채택되어, 모든 올림픽을 거친 종목 중 하나입니다. 도로 경기는 개인 도로 경기, 도로 독주 경기로 이루어졌습니다. 개인 도로 경기는 마라톤과 같이 굉장히 긴 거리를 완주해야 하는 강한 지구력이 있어야 하는 종목입니다. 한 개인 도로 경기에서는 남자는 무려 250km 정도를 완주해야 하고 여자는 그에 절반인 120km

정도를 완주해야 합니다. 굉장히 긴 거리를 가는 만큼 선수들은 가는 도중 소속팀으로부터 음식이나 음료 등을 보급받을 수 있습니다. 도로 독주 경기는 선수들이 일정한 시간 간격으로 한 명씩 출발하는 경기입니다. 이 경기에서는 남자는 40km 정도를 완주해야 하고 여자는 20km 정도를 완주해야 합니다. 자전거 종목 중에서는 꽤 단거리에 속하는 종목이기 때문에 기록을 측정할 때에는 최소한 소수 첫째 자리까지는 재야 합니다.

산악자전거는 1996년 애틀랜타 올림픽에서 정식종목으로 채택된 종목입니다. 이 종목은 산속에서 자전거를 타는 만큼 선수들은 다양한 기술을 가지고 있어야 하지만 다양한 변수에 굴하지 않고 자신을 기량을 다 뽐낼 수가 있습니다.

1-3 수영종목
수영종목은 경영, 다이빙, 수구, 아티스틱 스위밍이 있습니다.

경영은 1896년 아테네 올림픽에서 정식종목으로 채택된 모든 올림픽을 거친 종목 중 하나입니다. 경영이란 종목을 많이 못 들어봤을 수도 있는데요. 경영은 우리가 잘 모르는 종목이 아니라 우리가 흔히 알고 있는 수영입니다. 이 경영에는 4가지 영법이 있는데요 접영, 배영, 평영, 자유형입니다. 수영종목에는 많은 메달이 걸려있는데 그중 대부분은 경영에 속해있습니다. 우리나라에서도 올림픽 경영 종목에서 금메달을 따낸 적이 있는데요 바로 박태환 선수가 2008년 베이징올림픽 자유형 400m 종목에서 금메달을 따내었습니다. 그 후 박태환 선수의 우리나라 신기록은 2020년 도쿄올림픽에서 황선우 선수가 경신하게 되었습니다. 다가오는 2024 파리올림픽에서 황선우 선수가 올림픽 경영 금메달을 따면 좋겠다고 생각하였습니다. 다이빙은 1904년 세인트루이스 올림픽에서 정식종목으로 채택된 수영종목입니다. 다이빙은 높은 곳에서 뛰어내려 물속으로 들어가지 전까지 아름다운 회전을 해 가장 높은 점수를 받는 사람이 이기는 경기입니다. 선수가 뛰어내리고 굉장히 빨리 물에 들어가기 때문에 집중해서 잘 봐야 하는 종목입니다. 그리고 아름다운 회전을 하고도 물에 빠질 때 배치기를 하거나 큰 소리를 내며 빠지면 큰 감점 요소가 될 수 있습니다. 이 종목은 중국이 굉장히 잘하는데 2016년 리우 올림픽에서는 8개의 금메달 중 7개를 가져가는 위용을 뽐냈습니다.

수구는 1900년 파리올림픽에서 정식종목으로 채택된 엄청나게 오래된 종목 중 하나입니다. 수구는 물에서 하는 핸드볼이라고 생각을 하면 되는데 몸싸움도 하고 수영도 계속해야 해서 굉장히 힘든 종목이라고 합니다. 경기장은 길이 30m 폭 20m로 만들고 경기는 8분씩 4쿼터로 해서 총 32분 경기를 하게 됩니다. 이 종목에는 농구처럼 공격 제한 시간이 있어 선수들은 30초 이내로 공격을 마무리 지어야 합니다. 강한 몸싸움과 힘이 있어야 하는 종목인 만큼 메달은 유럽권 국가에서 대부분 획득합니다

아티스트 스위밍은 1984년 로스앤젤레스 올림픽에서 정식종목으로 채택된 종목입니다. 이 종목은 아티스트 스위밍이라는 이름보다는 수중발레라는 이름이 더 익숙합니다. 국제수영연맹은 종목의 예술성을 중시하기 위해 아티스트 스위밍이란 이름으로 바꾸었다고 말을 하고 있습니다. 이름으로 알 수 있듯이 이것은 물 위에서 하는 발레라고 생각할 수가 있습니다. 물 위에서 계속 움직여야 하는 종목이므로 강한 체력은 기본으로 가지고 있어야 합니다. 과거에는 미국이 이 종목의 최대 강자였지만 현재에는 러시아가 미국의 자리를 빼앗고 최대 강자가 되었습니다.

1-4 격투 종목

격투 종목에는 태권도, 권투, 레슬링, 유도가 있습니다.

태권도는 1988년 서울올림픽에서 시범종목이 되었다가 2000년 시드니 올림픽에서 정식종목으로 채택이 되었습니다. 태권도는 상대의 몸통이나 머리에 발차기를 맞추면 점수를 얻는 경기입니다. 그런데 과거에는 이러

한 규정 때문에 올림픽에서 퇴출 당할 뻔하였습니다. 선수들이 화려하게 공방전을 벌이는 것이 아니라 서로 점수를 잃지 않으려 눈치만 보다 재미없게 끝나는 경기가 많았기 때문입니다. 그래서 국기원에서는 태권도 규정을 개정하여 지금과 같은 경기가 나올 수 있게 된 것입니다. 태권도는 우리나라의 전통 무술답게 많은 메달을 얻을 수 있는 종목인데요. 2008년 베이징올림픽에서는 출전한 모든 체급에서 메달을 따내는 대단한 기록을 세웠습니다.

복싱은 1920년 안트베르펀 올림픽에서 정식종목으로 채택된 종목입니다. 올림픽 복싱은 프로 복싱과는 다르게 3라운드로 이루어져 있고 헤드기어를 쓰고 경기에 임합니다. 복싱은 사각형의 링 안에서 오직 글러브 낀 주먹만으로 승부를 보는 격투 종목입니다. 복싱에서 승리는 2가지 방법으로 딸 수 있는데 하나는 KO승이고 다른 하나는 판정승입니다. KO승은 한 선수가 다운된 상태에서 10초 안에 일어나지 못할 때 얻을 수 있고 판정승은 정해진 시간 내에 KO승이 나오지 않으면 더 많은 심사위원의 지지를 받을 때 얻을 수 있습니다. 복싱에는 3, 4위전은 없습니다. 왜냐하면, 경기에서 패배한 사람들을 한 경기장 안에 두고 경기를 하면 무슨 일이 일어날지 모르기 때문입니다.

레슬링은 1896년 아테네 올림픽에서부터 정식종목으로 채택된 종목입니다. 레슬링은 한 세트에 3분이고 두 세트로 이루어져 있습니다. 레슬링도 복싱의 KO승과 비슷한 것이 있는데 그것은 바로 폴 승입니다. 폴은 상대 선수의 두 어깨를 2초 정도 바닥에 눌러 못 움직이게 하는 것입니다. 폴로 이기지 못하면 두 세트 동안 더 많은 점수를 낸 사람이 이기게 됩니다. 만약 경기중 한 선수가 다른 선수공격을 받아주지 않고 소극적으로만 대하면 파테르라는 파울을 받게 됩니다. 파테르란 상대 선수가 엎드려있는 상대를 뒤에서 잡고 시작하는 것을 말합니다. 우리나라에는 이 종목에 많은 올림픽 메달이 있습니다. 심지어 레슬링 명예의 전당에 입회한 선수도 있습니다. 그 선수는 바로 심권호 선수입니다. 심권호 선수는 한 체급도 하기 힘든 그랜드슬램을 두 체급에서 할 만큼 대단한 선수입니다.

유도는 1972년 뮌헨올림픽에서 정식종목으로 채택된 종목입니다. 유도는 일본의 전통 무술입니다. 유도는 4분간 진행이 됩니다. 유도에도 복싱의 KO승과 같은 승이 있는데 그것은 바로 한판승입니다. 한판을 받으려면 한 번에 상대의 등을 바닥에 닿게 하거나 상대의 탭을 쳐 항복하면 한판승을 받게 됩니다. 한판이 나오지 않아도 절반을 2개 얻어서 이길 수도 있고 상대가 소극적인 경기를 운영해 지도를 3개 받으면 이길 수가 있습니다. 유도는 일본의 전통 무술답게 일본이 가장 많은 금메달을 가져갔습니다. 그러나 우리나라 또한 유도 강국 중 하나로서 많은 메달을 따내었습니다.

참고문헌
올림픽 공식 사이트, 위키백과,네이버 나무위키

유성우

오늘도 성우는 그의 친구 현성이와 함께 등교한다. 그는 탐정이다. 옛날부터 추리 소설을 읽었으며, 아버지도 천째 탐정인지라 기질을 물려받았다. 그의 아버지 이름은 유능한이다. 매번 그 누구도 해결할 수 없었던 사건들을 쉽게 해결한다.

1학년 백승언

오늘도 성우는 그의 친구 현성이와 함께 등교한다. 그는 탐정이다. 옛날부터 추리 소설을 읽고 다니고 아버지도 천재 탐정인지라 그의 기질을 물려받았다. 그의 아버지 이름은 유능한이다. 매번 그 누구도 해결할 수 없었던 사건들을 쉽게 해결한다. 물론 유성우도 그의 학교에서 추리를 잘하는 것으로 유명한지라 학교에서 일어나는 사건은 모두 그에게 맡긴다. 그의 친구 현성이는 성격이 소심하고 조용하지만, 그 누구보다 추리 소설을 즐겨 읽는다. 성우에게 반해 성우를 졸졸 따라다니며 조수 역할을 하고 있다. 성우에게 배우면서 아주 빠르게 성장하고 있다. 오늘은 그들에게 무슨 일이 생길까?

1

한가로운 오후였다. 이어폰을 끼고 강의를 듣고 있던 성우는 인기척을 느꼈다. 현성이가 불쑥 등장하며 성우에게 말했다.

"벌써 커피 마시는 거야? 중1인데"

성우가 대답했다. "커피 아니다. 핫초코야."

아무리 어른스럽게 행동하며 사는 성우라도 아직 커피의 쓴맛이 입에 맞지 않았다.

"네가 여긴 어쩐 일이야."

"아 그냥 카페 밖을 지나가는데 안에서 익숙한 얼굴이 있더라고. 그래서 혹시나 하고 들어와 보니 너구나."

"전화 왔네! 민성이한테."

"현성아, 미안한데 성우 좀 바꿔줘."

"성우야 듣고 있지? 우리 학원에 일이 좀 있는데 와 줄래."

"거기가 어딘데."

"동북 영어학원"

"오케이. 바로 간다."

"현성아 가자"

"응."

둘은 동북 영어학원으로 빠르게 뛰어갔다.

"얼마나 남았어?"

"빠른 길로 가도 1시간 40분쯤"

"이 속도로 가면 종일 걸리겠다. 따릉이 타고 가자"

"처음부터 따릉이 타고 갔으면 좋잖아. 탐정이 추리하는 데만 머리 쓰지 말고 제발~"

"입 닫고 타기나 해"

마침내 도착했다.

"민성아, 우리 왔어."

민성이는 사건을 천천히 설명하였다. 400만 원짜리 슈퍼컴퓨터가 있었는데 부서졌다. 수학실 옆에 창고가 있었고, 그 둘 사이에 화장실이 있었다. 그 시간에는 수학실에 학생 5명과 선생님밖에 없었으며 창고에 있던 슈퍼컴퓨터는 큰 지진이 일어나지 않는 한 스스로 떨어지지 않는다. 학생들은 유력한 용의자로 민호를 지목했다. 왜냐하면, 민호가 화장실에 간 사이에 컴퓨터가 떨어지는 소리가 났기 때문이다.

4명 모두 그 소리를 들었고, 당연히 민호를 의심할 수밖에 없었다. 정우와 현성이는 창고로 가서 슈퍼컴퓨터를 살폈다. 그 주변에는 여러 개의 컴퓨터와 선이 있었다. 성우가 슈퍼컴퓨터를 보며 생각을 하는 사이 현성이는 줄에 걸려 넘어졌다. 이를 보고 성우는 갑자기 눈이 커지면서 알았다는 듯이 씩 웃었다.

"가 볼까?"

그리고 학원 학생들에게 자신 있게 말했다.

"일주일만 시간을 주십시오. 저는 지금 누가 범인인지 압니다. "

"왜 일주일이죠?"

"왜냐하면, 이번 사건은 제 조수에게 시킬 생각이거든요."

현성이는 놀라 눈이 휘둥그레졌다. 자신은 성우를 도와 언제나 구경만 할 뿐 스스로 직접 사건을 해결해 본 적은 없었기 때문이다. 이날 현성은 집에 가서 오늘 있었던 일을 차례대로 회상해 보았다. 자신은 분명 줄에 걸려 넘어진 것밖에 없었는데, 이것만 가지고 사건을 해결했다니, 이젠 놀라운 것을 넘어서 무서울 뿐이었다.

'이러고 있을 때가 아니지. 만약 내 추리가 틀리기라도 하면 망신일뿐더러 성우 얼굴에도 먹칠하는 거니까. 성우는 나를 믿어줬어. 꼭 추리해서 보답할 거야.'

이틀 뒤, 현성이는 다시 학원을 방문했다. 이번엔 혼자다. 잔뜩 긴장한 채로 다시 창고로 가서 곰곰이 생각해보았다.

'그때 무슨 일이 있었을까?'

현성이는 사건 당시의 상황을 머릿속으로 생각해보았다.

'이번에도 알아낸 것이 아무것도 없다니…'

머릿속은 새하얘지고, 눈앞은 깜깜했다. 조금 창피했지만, 성우에게 가서 힌트를 얻어야겠다고 생각했다.

2

성우는 현성이의 말을 듣고 단서를 줬다.

"밀실 사건의 종류는 많아. 범인이 문을 잠그고 범행을 저지른 뒤 창문으로 탈출한 경우, 밀실이 아닌데 밀실은 범행 이후 고의로 만든…"

"이런 건 다 추리 소설에서 읽은 거야?"

"응"

"혹시 범인이 초능력자여서 벽을 뚫고 나간 예도 있어?"

"생각해봐. 범인이 초능력자여서 벽을 뚫고 나가서 범행을 저질렀다. 이런 소설을 누가 읽기나 하겠어?"

"그렇긴 하네."

"어쨌든 힌트는 여기까지야."

"뭐? 좀 더 알려줘"

"안돼"

일주일이 흘러 현성이가 자신의 추리를 드디어 증명하는 날이 다가왔다. 떨리는 맘으로 성우와 수학실로 갔다. 모두가 현성이를 바라보았다.

"아아안녕, 나는 혀혀현성이라 하는데…"

현성이는 떨려서 말을 더듬고 있었다. 모두가 현성이를 만만하게 보는 것 같았다.

"지금부터 출구를 말씀드리겠습니다."

또 말이 꼬였다. '그냥 컨셉으로 생각하겠지'

현성이는 차분히 추리를 시작하였다.

"자 질문 하나 할게. 사건 당시 누가 가장 먼저 왔어?"

모두 연우를 가리켰다.

"그럼 네가 범인이네."

"그게 무슨 말 같지도 않은 소리야? 하하 사람 함부로 모함하지 말라고"

"아니, 넌 범인이야. 넌 여기 가장 먼저 와서 컴퓨터를 부수고 기다린 거야."

"무슨 소리야. 전에 민호가 화장실 갔을 때 떨어졌던 거 기억 안 나냐 멍청아?"

"정확히는 떨어진 것이 아니라 떨어지는 소리겠지. "

친구들은 갑자기 이상함을 느꼈다. 현성이는 추리를 계속 이어나갔다.

"연우가 먼저 와서 범행을 저지른 뒤 민호가 화장실에 간 사이에 손을 써서 모든 걸 뒤집어씌운 거야?."

"어떻게 손을 썼을까? 바로 인터넷에서 비슷한 소리를 찾은 거지."

친구들은 온몸에 소름이 돋았다. 연우는 반박했다.

"내가 소리를 냈다는 걸 어떻게 증명할 건데?"

"그건 제가 설명해 드릴게요."

성우는 곧바로 창고로 가더니 다시 돌아왔다.

"뭘 한 거야?"

"지금 방금 창고에서 컴퓨터를 떨어뜨리고 왔습니다."

친구들은 다시 한번 놀랐다.

현성이가 정리하면서 말했다.

"그러니까, 연우가 여기에 가장 먼저 와서 컴퓨터를 부수고 민호가 화장실에 간 사이에 뒤집어씌운 거라는 거지. 이때 나는 소리는 인터넷에서 찾은 거고."

성우는 신이 나서 현성이를 잡고 뛰어갔다.

"자전거 타고 안 가?"

성우는 기쁜 나머지 아무 말도 들리지 않았다. 현성이는 성우가 정말 기뻐하는 나머지 덩달아 기뻤다.

선생님이 연우에게 물어봤다.

"실수였지?"

"네."

연우는 울먹이며 말했다.

그 후로 일어난 일은 별로 중요하지 않다. 중요한 것은 현성이가 스스로 사건을 해결했다는 것과 성우가 뿌듯함을 느낀다는 것이다. 앞으로도 그 둘의 추리는 계속될 것이고. 성장해 나갈 것이다.

하늘과 바다에게

하늘은 넓다. 친구와 싸우면 좁아지는 내 마음이 부끄러울 정도로 한결같다.
하지만 그 광활한 곳처럼 되기에는 세상이 때가 묻어버렸다.
탐욕스러운 공장의 연기가 만든 잿빛 하늘을, 모래사막이 만든 더러운 먼지가
가득한 공기를, 오존층의 파괴로 변해버린 기후를 어찌 내 마음으로 감당할 수
있을까?

2학년 정규성

시를 읽다 보면 감동적 이거나 인상적인 표현을 발견하곤 한다. 이를테면 윤동주 시인의 '별 헤는 밤' 속에 '별이 바람에 스치운다' 같은 구절 말이다. 하지만 무엇인가 다른 생각을 해보게 되는 비유도 있다.

그건 바로 '저 하늘이 내 마음이라면'이나 '저 바다가 내 마음이라면' 같은 것이다.

초등학생 때 이런 내용의 시를 처음 읽었다. 선생님은 하늘처럼 맑고 넓은 마음을 가져서 바다처럼 모두를 품어주는 사람이 되라고 하셨다.

그때는 그냥 흘려들었다. 하늘의 비유를 다 이해하기엔 나는 너무 어렸고, 바다처럼 모두를 품어주기엔 아직 너무 얕았기 때문이다.

그런데 요즘에는 생각이 바뀌었다. 문득 창밖의 하늘을 바라보며 이런 생각이 들었다. 하늘처럼 맑고 넓은 마음을 가지기엔 내가 너무 더러워진 것이 아닌가? 라는 생각이다.

하늘은 넓다. 친구와 싸우면 좁아지는 내 마음이 부끄러울 정도로 한결같다. 하지만 그 광활한 곳처럼 되기에는 세상이 때가 묻어버렸다.

탐욕스러운 공장의 연기가 만든 잿빛 하늘을, 모래사막이 만든 더러운 먼지가 가득한 공기를, 오존층의 파괴로 변해버린 기후를 어찌 내 마음으로 감당할 수 있을까?

만약 하늘이 내 마음이라면 좋을 것 같지 않다. 하늘도 영혼이 있었다면 지금 나와 같은 마음인지 묻고 싶다. 이런 세상을 어떻게 맑고 넓게 살아왔느냐고?

구멍이 생기고 매연이 넘쳐나도 맑은 구름과 푸른색을 보여주기 위해 어떻게 끊임없이 노력하냐고 묻고 싶다.

바다도 마찬가지다. 저 푸른 해변과 심해에는 한 번도 보지 못한 생명체가 있지만 무슨 소용인가. 태평양 어딘가에는 우리나라보다 큰 쓰레기 섬이 떠다니고, 매일같이 폐수가 흘러들어오고 있다.

내가 바다라면 화가 나서 해일과 큰 파도를 계속 몰아칠 것이다. 빌려서 사용하면 깨끗이 돌려주어야 한다. 하나라도 본인들이 사용한 쓰레기를 건지는 노력이라도 해야 하는데 하지 않는 것이 화가 나서 견딜 수가 없을 것이다.

지금 창밖을 보니 왼쪽에는 어두운 잿빛 구름이 떠다니고 오른쪽에는 청명하고 쾌청한 하늘이 비치고 있다. 마치 공해와 어려움으로 뒤섞인 것을 차례차례 청소해내며 "나는 괜찮아!"라고 말하는 듯하다. 아름다운 저 풍경을 나중에는 사진으로만 볼 수 있다면 너무 안타깝지 않겠는가.

내가 너무 부정적일 수도 있지만, 저 하늘을 보니 아닌 것 같다. 차라리 부정적으로 되어야 한다. 악몽을 꿔도 일어나면 맑은 세상이 있을 테니 말이다. 저 하늘이 저 바다가 내 마음이 아니라서 참 다행이다. 간사한 인간의 마음으로는 감당할 수 없는 그릇이니 하늘과 바다 같은 사람이 되고자 하기에는 나는 너무 많은 것을 생각하게 되었다. 하지만 여전히 자연은 묵묵히 제 할 일을 다 하는 중이다. 하늘과 바다야. 수고해라! 힘내라! 고맙다. 언젠가 내가 도와줄 때까지 건강해라.

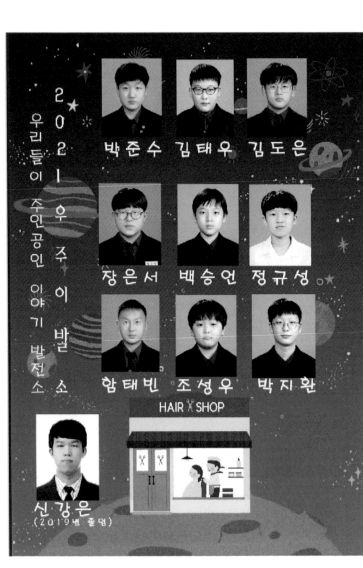

2021 우주이발소

우리들이 주인공인 이야기 발전소

박준수 김태우 김도은

장은서 백승언 정규성

함태빈 조성우 박지환

신강은
(2019년 졸업)

가을

가을이 왔다. 쌀쌀한 바람이 불고 잎이 떨어지는 가을이 왔다. 겨울을 나기
위해 잠깐 거쳐 가는 쓸모없는 가을이 왔다.

3학년 함태빈

가을이 왔다. 쌀쌀한 바람이 불고 잎이 떨어지는 가을이 왔다. 겨울을 나기 위해 잠깐 거쳐 가는 쓸모없는 가을이 왔다.

사람들의 옷들이 바뀌고 낙엽 색이 바뀌고 날씨 온도가 바뀌는 가을은 필요 없다. 어차피 새하얀 세상 겨울이 오는데 정녕 그 가을은 왜 있는 것인가. 겨울처럼 하얀 눈이 오는 것도 아닌데 그렇다고 봄처럼 따스한 것도 아닌데, 여름처럼 엄청 더운 것도 아닌데…

가을이란 뭘까? 정말 궁금하다. 가을은 추운 겨울을 나는 데 필요한 계절이다. 나뭇잎이 다 떨어지고 사람들의 옷들이 바뀌는 이런 모든 것이다. 겨울을 나기 위해 준비하는 계절이다. 즉 가을은 겨울을 보낼 준비를 하는 계절이다. 그러므로 꼭 필요한 계절이다.

또 가을풍경이 장난이 아니다. 가을이 올 때마다 그 가을의 풍경은 날마다 새로운 역사를 쓰고 있다. 가을 아침은 참 고요하고도 조용하며 새들이 모여 노래를 부르는 그 가을 참 아름답다. 잎이 떨어진다고만 보지 말고 생각하지 말고 그 낙엽의 색이 바뀌면서 떨어지는 과정을 자세히 봐라. 관점부터 바꾸고 바라. 마음에 안정감을 주는구나. 이런 가을 참 아름답다.

가을은 짧고 빨리 지나가지만 우리에겐 소중한 존재이다. 정말 고맙다. 가을이 앞으로도 우리에겐 커다란 행복을 주면 좋겠다. 작고 소중한 것도 크게 봐라. 관점을 갖지 마라. 그러면 더 소중하고 행복한 게 보일 것이다.

D클래스

내 이름은 조성우다. 나에게는 자유가 없다. 왜냐하면, 나에게는 암울한
과거가 있기 때문이다. 고등학교 3학년이 된 나는 서울에 있는 최고의 학교로
갈 수 없었다.

내 이름은 조성우다. 나에게는 자유가 없다. 왜냐하면, 나에게는 암울한 과거가 있기 때문이다. 고등학교 3학년이 된 나는 서울에 있는 최고의 학교로 갈 수 있었다. 이 선택은 나에게는 되돌릴 수 없는 불행을 가져왔다.

처음에는 학교에 갈 수 있는 것이 마냥 기뻤다. 그래서 기쁜 마음으로 배정받은 반으로 향했다. 나는 친구를 사귀었던 적이 한 번도 없었다. 교탁에서 제일 왼쪽 아래 창가 옆에 있는 책상으로 눈이 향했다.

'그냥 조용히 지내며 학교생활을 하자. 인간은 그저 도구에 불과하니까.'

"나는 하지훈이라고 해 만나서 반가워, 우리 서로에 대해 알아야 하니까 자기소개라도 할까?"

'저런 애가 리더십이 있으니 반장이 되겠군.'

"좋아 나는 백설기고 모든 사람과 친구가 되고 싶어. 앞으로 잘 부탁해"

"그래 너의 바람이 이루어지길 바랄게"

"그럼 이번에는 성우 네가 해 봐"

"그러니까 그 뭐야 조성우라고 합니다. 저는 아직 미숙한 부분이 많습니다. 잘 부탁드립니다. "

문이 열리며 선생님인 듯한 분이 들어왔다.

"나는 나오미라고 한다. 3학년 D클래스 담임 선생님이다. 오늘은 학교의 커리큘럼과 포인트에 대해 알려주마. "

'포인트가 뭐지? 그래도 학교 커리큘럼은 나쁘지 않은 듯하군. '

"자, 일단 휴대전화를 켜서 포인트라는 앱을 다운 받아라"

"선생님, 비밀번호가 필요하다고 하는데요?"

"비밀번호는 1098이야"

"그럼 검색해서 3학년 D클래스라고 친다. 그럼 포인트에 관해 설명해주겠다. 다들 10만 포인트가 있을 것이다. 포인트 1개의 가치는 돈으로

10원이다. 즉, 너희들에게는 100만 원이 현재 있다는 뜻이다. 그만한 가치가 현재 너희에게 있다는 거지. "

뭔가 수상하다. 1개의 클래스마다 25명의 학생이 있다. 한 학년마다 4개의 클래스니까 총 300명 총 3억이나 학생들에게 돈을 준다는 것이다. 정말 수상한 느낌이다.

"아 그리고 조성우 넌 교무실로 따라와라"

"네? 알겠습니다."

이번 기회에 교무실을 둘러보고 이 학교에 대한 정보를 얻을 수 있을 것 같다. 주변을 잘 탐색하자.

"조성우"

"넵"

"너는 천재구나"

"그게 무슨 소리죠?"

"너의 실력을 보았다. 모든 과목을 정확히 50점으로 맞추어놓고 지니어스 협회에서 지냈으니 말이다. "

"아니요. 저는 천재가 아닙니다. 모든 과목을 50점 맞은 것은 우연에 불과합니다. 지니어스 협회에선 간신히 살아난 거고요. "

사실은 선생님의 말씀이 모두 맞다. 모든 과목을 일부러 50점으로 맞춘 것이다. 그렇게 함으로써 지니어스 협회에서 살아남을 수 있다. 그때 깨달은 것이 인간은 도구이며, 승리해야 한다는 것이다. 그런 이유로 나에게 남아있는 인간성은 없다.

"알았다. 일단 교실로 돌아가거라"

제일 수준이 떨어지는 D 클래스 수업은 몇 명밖에 듣지 않는다. 고등학교 3학년 과정치고는 너무 쉽다. 내가 괴물이 된 걸까? 나는 전에 남의 죽음을 보았음에도 전혀 감정을 느끼지 않았다.

"오늘은 긴급 공지가 있다."

"좋은 공지인가요" 하지훈이 기대에 찬 표정으로 되물어봤다.

"너희들에게는 좋은 소식이다. 5월 1일 2주 뒤에 너희들은 휴가를 가게 된다. 즐거운 학교생활을 보내라는 뜻으로 1주 동안 여행을 간다는 것이다. 학교에서 최고의 섬을 준비했다. 모두 즐겁게 지내라는 뜻으로. "

이 학교는 절대로 그럴만한 학교가 아닌데 의심스러웠다. 주의해야겠다.

2주가 순식간에 흘러갔다.

"모두 짐은 잘 싸고 왔나?"

"네"

"그러면 슬슬 크루즈에 타자. 크루즈에는 맛있는 음식과 편의점, 수영장 등등 편리한 시설이 많다. 모두 재미있게 즐기도록"

첫날은 긴장을 늦추면 안 된다. 주의를 더욱더 경계해야겠다.

"조성우"

뭐지? 어디에서 부르는 거지?

"야, 조성우 나 여기" 백설기다

"왜 그래?"

"성우야 내가 이 학교를 1학년 때부터 꾸준히 다녀서 아는데 D 클래스에 오래 있으면 안 돼.

무조건 A클래스로 올라가야 해. 반듯이."

"무슨 소리야?"

"아무튼, 우리 A클래스로 올라가야 해"

첫날은 그다지 중요한 일이 없었다. 섬은 예상과는 달랐다. 누가 봐도 최고의 섬과는 거리가 멀었다. 그냥 무인도였다. 점점 수상해지고 있었다.

"오늘은 밤이 늦었으니 크루즈에서 숙박한다."

다음 날이 밝았다. 오늘부터 섬에서 생활해야 한다.

드디어 섬에서의 생활이 본색을 드러내려 하고 있었다. 생각했던 것처럼 단순히 바캉스가 아니었다.

"우리는 게임을 할 것이다. A, B, C, D 클래스 모두 함께 게임에 참가한다. 각 반에 마스터를 정해 키 카드를 줄 것이다. 일단 마스터를 정해야 한다. 이 게임에는 보너스 구역이 있다. 그 구역에서 키 카드로 먹을 것을 구할 수 있다. 1시간에 10포인트씩 가질 수 있는데 각 반의 마스터를 맞추면 추가로 100포인트를 획득할 수 있다. 단 마스터를 맞추는 걸 실패할 경우 포인트를 잃는다. 자 게임을 시작한다."

내가 이끌어야겠군.

"애들아, 우리 일단 보너스 구역부터 찾아보자"

우리는 각각 팀을 나눠서 주변을 정찰하기 시작했다. 나는 혼자 다니며 길을 잃어버리지 않게 나만의 방식으로 길을 헤쳐나갔다. 저기 동굴이 있군. 저 사람은 A클래스 차연우 차연우가 키 카드를 가지고 있겠군. 그 옆에는 같은 클래슨가? 일단은 돌아가야겠군. 오늘은 다들 얻은 것이 없군. 아직 1팀이 안 오긴 했지만 별로 기대는 하지 않는다. 저기 돌아오는군.

"애들아, 우리가 물이 있는 강가가 어딘지 알아냈고 보너스 지역도 알아냈어."

일단은 거기로 이동해야겠군.

"얘들은 저기 C반의 다친 애가 있는데 거기로 가 볼래?"

C반 단서를 알 기회이다. 우리는 C반의 다친 아이를 이용해서 마스터가 누군지 알아냈다. 결국, A반은 100포인트, B반은 180포인트 C반은 0포인트를 얻었고 우리 반은 325포인트를 획득했다.

우리는 A클래스로 승급했다. 그리고 결정적 역할을 한 나에게 더 좋은 학교로 전학을 갈 기회가 주어졌다. 선택은 나의 몫이다. 이 반에 내가 없으면 다시 D 클래스로 떨어질 것이 분명하다. 그렇지만 나에게 주어진 기회를 친구들 때문에 버릴 순 없다. 나만 승리하면 되는 것이다. 결국, 세상은 이런 것이다. 배신하며, 배신당하고 승리하지 못하면 패배하는 것이

이 세상이다. 어떻게든 승리만 하면 되는 세상이다. 그렇게 나는 고통의
길로 들어갔다. 이제는 되돌릴 수 없는 세상으로 점점 들어가고 있다.

무슨 일이오?

대한민국 서울 강동구에 살고 있던 평범한 우주 관측자인 나는 학생들에게
목성을 관측하는 방법을 알려주고 있었다.

대한민국 서울 강동구에 살고 있던 평범한 우주 관측자인 나는 학생들에게 목성을 관측하는 방법을 알려주고 있었다. 거대하고 아름답고 지구의 모든 것을 날려버릴 듯한 태풍을 가지고 엄청난 중력으로 유로파 등의 거대 위성들을 지닌 매력적인 행성!

모든 학생이 한 번씩 번갈아 가며 목성을 관측하고 있던 가운데 민수라는 한 아이가 아리송한 표정을 지으며 말을 하였다.

"선생님 망원경에 먼지 묻은 거 같은데요? 우주복을 입은 사람의 형태가 보여요." 공상과학소설에서나 나올 만한 말들은 이미 여러 번 들어본 탓에 맞장구를 쳐주며 넘어가려 하였다. 그때 민수가 말하길 "선생님 저 장난치는 거 아니에요."라고 내 속을 꿰고 있다는 듯이 말을 하는 것이 아닌가. 이 때문에 나는 속는 셈 치고 망원경을 들여다보았다.

?! 이게 무슨 일인가. 민수의 말대로 사람의 형태가 보이는 것이 아닌가. 목성은 기체로 이루어진 행성이고 엄청난 태풍이 매일 생기고 없어져서 사람이 현대의 기술력으로는 절대로 가까이 다가갈 수 없는 행성이다.

나는 망원경을 닦고 다시 보았다. 여전히 형태가 보였다. 나는 너무나 당황스러워 다른 학생들은 관측을 계속할 수 있게 두고, 민수와 단둘이 이야기를 하러 갔다.

"민수 학생, 당신이 본 것이 실제 사람의 형상입니까?"

"선생님도 보셨잖습니까?"

"그렇긴 하지만… 망원경을 보며 이야기를 해보자"

"네"

나는 다른 학생들을 집으로 돌려보내고 민수와 둘이 이야기를 하기 시작했다.

"민수 학생 사람의 형태를 다시 찾아볼 수 있습니까?"

"네"

민수는 자신 있게 대답하였다. 민수는 다 찾았다고 말하고 나에게 망원경을 보라고 자리를 비켜주었다. 내가 망원경을 다시 보려고 하는 순간 뒤에서 번쩍하는 소리가 들렸다. 뒤를 돌아보았는데 뒤에는 민수가 아니라 다 큰 성인이 서 있었다. 나는 이건 또 무슨 상황인가 싶어 꿈인 줄 알고 볼을 꼬집어 봤지만 아프기만 하였다. 이런 알 수 없는 일들에 대해 생각하기가 싫어 망원경을 다시 보았는데 조금 전까지 있던 사람이 없어졌다. 수십억 km를 몇 분 안에 이동하는 것은 감히 상상도 할 수 없는 일이다. 그런데 이런 것이 보이기 시작하니 내가 이제 죽을 때가 되었나 생각하였다. 나는 마음을 정리하려 망원경에서 눈을 뜨고 앉아서 생각하려 했는데 뒤에 아까 그 사람이 우주복을 입고 있었다.

'이제는 세상이 미쳐가네'

"안녕하세요. 선생님 저는 선생님을 만나러 제2 지구에서 온 사람입니다. 그리고 아까 본 우주복을 입은 사람은 제 친구입니다."

"그런데… 방금까지 제 뒤에 있던 민수는 어디에 간 거죠?"

"아 제가 민수입니다. 저희는 마법을 사용할 수 있는 기술까지 가지고 있어 변장한 것입니다. "

"그런데 저는 왜 만나러 오신 건가요? 왜 저인가요? 저보다 더 위대하고 대단한 우주 관측자분들도 많으신데…"

"다른 분들은 이미 다 만나 보았지만, 저희의 제안을 거절하셔서 선생님을 만나러 온 것입니다."

"무슨 제안인데요?"

"제2지구로 가는 것입니다. 가면 선생님이 상상도 못 해보았던 기술들로 가득 차 있을 것입니다. 함께 여행하시겠습니까?"

"잠시만 시간을 주십시오."

나는 이때 내가 영웅처럼 행동해야겠다고 생각했다.

"결정했습니다. 어디로 이동하면 될까요?"

"우주선으로 가시죠." 나의 여행은 이렇게 시작되었다.

기시감旣視感

기시감(旣視感) : 한 번도 경험한 일이 없는 상황이나 장면이 언제, 어디에선가 이미 경험한 것처럼 친숙하게 느껴지는 일.

2017, 2018년 동북중학교 우주이발소 회원
2019년 동북중학교 졸업
2022년 카이스트 수시 합격 신강은

1

뒤척이다가 자리에서 일어나 시계를 보니 새벽 5시, 착륙까지 3시간이나 남았다. 비행기는 많이 타 보았지만 이렇게 긴 비행은 처음이다. 가히 10시간이 넘게 걸리는 곳이다.

옆에서는 내 친구인 정상원이 코를 골고 있다. '재벌 2세는 흔한 경험인가 보군'

3시간 정도 깨서 뭘 할까 고민하다가 가서 뭐 하고 놀지 생각해보았다. 스키 타고, 빙벽 오르고, 밤에 별 보고. 내가 가는 곳은 해발 3,000m 고원에 있는 산장. 한 30억 정도 하는 곳이라고 한다. 산장 자체가 아니라, 그곳에 산장을 짓고, 전기, 물, 산소, 헬기장 등을 세우다가 비싸졌다고 한다. 내가 어떻게 그런 금수저의 땅을 가냐고? 상원이는 건축 그룹의 회장의 아들이다. 아버지가 생일선물로 차를 주실 정도니. 그 산장은 겨울 익스트림 스포츠를 좋아하는 분들을 위해 아버지가 만드신 것이라고 하는데, 상원이가 대학 친구들을 데려가겠다고 졸라 나를 비롯한 4명을 데려갔다. 덕분에 겨울방학은 즐겁게 보내겠군. 뭐, 그 대가로 고산병 예방 훈련까지 받았지만.

하지만 일단 잠부터 자야겠다. 이제 자동차-도보-지프-리프트-헬기로 이어지는 극한 여행이 기다리고 있으니까.

자동차 2시간, 도보 1시간, 지프 5시간, 리프트 30분, 죽을 것 같았는데, 드디어 헬기다. 이 산장이 워낙 높은 곳에 있기에, 헬기를 통하지 않으면 사람은 몰라도 통신기나 스노모빌은 이동시킬 수가 없다고 한다. 3대가 기다리고 있었는데, 1대는 우리의 짐을, 다른 한 대는 식량, 전기 등 생활에 필요한 물품들을, 마지막에 우리 둘과 상원이의 아버지와 친하신 부부, 겨울 스포츠 전문가 분이 탔다. 아래를 내려다보는데, 아찔하다. 땅이 잘 안 보일 정도고, 군데군데 하얀 얼음으로 덮여 있다. 만약에, 이런 곳에서 떨어진다면…. 상상조차 하고 싶지 않다. 상원이가 준 팜플릿을 읽어보았는데, 베이스캠프의 역할을 하는 곳은 산장으로, 그 주위에 전력 공급기, 창고 등이 있고, 북동쪽으로는 30m 정도 솟아있는 얼음기둥이 줄지어 있으며, 북서쪽으로는 경사가 원만한 지대가 있어 스키 타기에 좋다고 한다. 등산용으로 만든, 협곡을 이어주는 다리가 산장이 있는 평원을 연결하는데, 최근에 교체된 것이라고 한다. 볼수록, 현실이 아닌 것 같은 느낌이다.

"안녕하세요." 상원이가 중년 부부에게 말을 걸었다.

"오랜만이구나." 서로 잘 아는 것 같았다.

"아는 사이야?"

"어, 어릴 때부터 많이 뵀어."

"안녕하세요. 상원이 대학 친구 김윤석이라고 합니다." 나도 인사했다.

"안녕, 학생. 못 보던 얼굴인데…" 여자분께서 물으셨다.

"제 친구예요. 이번에 같이 가게 되었어요."

"그래? 나는 한영화라고 한다. 여기 내 남편은 정민욱. 거기 처음 보면 기절할지도 몰라, 진짜 영화 같거든!"

"즐거운 경험이 되었으면 합니다." 악수를 청하자, 힘차게 받아주셨다.

"저기야. 친구. 빛이 보이지? 헬리콥터 유도등이야." 상원이가 창밖을 가리키면서 말했다.

"다른 친구들은?" 내가 묻자 "비행기 연착으로 후발, 그리고 이분은 구조 전문가셔. 매년 우리가 올 때마다 우리를 도와주시는 분이시지."

"천만에. 나는 아무도 손대지 않는 만년설 위에서 겨울을 보낼 수 있고, 그 대가로 돈도 받으니, 더할 나위 없는 선물이지." 그분이 말했다. "나는 숀 린이라고 한다. 본명은 손인영이지만, 외국인과 워낙 많이 일해서, 너도 나를 Mr. 린이라고 부르면 된다."

린 씨는 스포츠 전문가다운 당당한 풍채를 자랑하는 190cm의 거구였다. 겨울 스포츠 전문가시라 그런지는 모르겠지만 상당히 하얀 피부와 나

쓰지 않은 이목구비를 가졌다.

"만나서 반가워요. Mr. 린." 인사하고 아래를 보자, 헬리콥터가 착륙하고 있었다. 맑은 날씨 덕에 산장이 뚜렷하게 보였는데, 주위 건물과 주황색의 전구들이 달린 선이 연결되어 있었다.

"저런 선은 왜 있는 거야?"

"눈이 오면, 시계視界가 말도 못 하게 줄어들거든. 그래서 다른 건물을 갈 때 길 잃지 말라고 한 거야."

한 번 둘러보니 가운데의 산장을 중심으로 오른쪽 앞에 창고가 있었다. 산장을 돌아보니 평상시 사용하는 정문과 창고 쪽으로 난 옆문이 있었는데, 처음 보았을 때는 보이지 않는 각도에 있었다.

"윤석, 어디서 놀고 있냐? 짐 내리는 거 도와라!" 상원이가 외쳤다.

헬리콥터 2대는 먼저 도착해 짐을 내리고 있었고, 린 씨는 그들을 도와주고 있었다.

"저희 짐은 저희가 옮길게요. 이건 민성이, 이건 내 거고." 상원이가 말했다.

"가온이 것은 어디 있지?"

"여기. 아니 이것 같구나." 린 씨가 두 가방을 건네며 말했다.

"이건 누구 것이죠?" "서경필 거란다."

"경필 씨가 누구죠?" 내가 질문했다.

"우리랑 같이 지낼 사람 중 한 명으로, 여기를 시공한 사람이란다." 린 씨가 대답했다.

"이제 가자. 내 것도 챙겼어."

우리는 밝은 황토색의 문 앞에서, 두꺼운 자물쇠를 열고 들어갔다.

"맙소사." 나는 휘둥그레진 눈과 벌어진 입을 다물 수가 없었다. 벽과 천장에 LED로 된 전구들이 배곡하게 들어서 있었고, 밝은 황토색의 나무로 인테리어 되어있으며, 창문은 각 벽면에 두껍게 1~2개 놓여있었다.

거기에 소파, 테이블, 의자 등등… 건물 자체만 봐도 아름다운데, 이런 고지대에 이걸 지었다고 생각하니, 돈의 힘과 인간의 힘에 대해 경의가 들었다.

"ㄱ자 형태로 되어있고, 1층은 부엌, 거실 겸 침실, 2층은 침실, 4개가 있어. 참고로 말하지만, 화장실 많이 쓰지 마. 물은 한정되어 있고, 오물 처리도 곤란해서."

"어쨌든 오늘은 그냥 쉬는 거지?"

"그렇지. 원하면 경치 구경도 좀 하고, 방도 생각해봐. 일주일 정도는 지낼 거니까."

나는 너무 피곤했기에, 2층으로 올라가 그냥 잤다.

시계를 보니, 7시쯤. 아래층으로 내려갔다.

"일어났네. 마침 왔으니 일 좀 해. 저녁은 당번제거든." 상원이가 냉동식품을 잔뜩 주며 말했다.

"여기는 냉동식품만 먹냐?"

"생채소나 생고기는 창고에서 얼어버리거든. 녹일 전기로 냉동식품 먹는 게 낫지."

"그럼 열흘 내내 냉동식품이나 인스턴트만 먹어?"

"과일 정도를 제외하면 거의."

나는 상원이를 도와 냉동만두, 스테이크 등을 전자레인지로 조리하고, 햇반을 끓였다. 여기는 고지대라 밥이 설익는데, 전자레인지는 상관이 없다.

10분쯤 준비하고, 산장 안에 있는 사람들 모두와 밖에서 스키 타던 린 씨를 불러 저녁을 먹었다.

"안녕하세요."

"너희들은 어땠냐?"

"말도 마라. 겁나게 재미있었어. 뭐, 여기 이 약골의 생각은 다른 것 같지만." 가온이가 대답했다.

"야, 김가온! 너는 비행기에서 잠이라도 잤지만, 난 아니라고!" 민성이가 발끈했다.

"또 그러냐? 말했잖아, 1주일간 같이 지내니까, 싸우지 말라고" 성훈이가 잠재웠다.

뭐, 지금 봐서 알겠지만, 이 셋은 서로 성격이 엄청 다른데, 굉장히 친하다. 김가온은 활발하고 유쾌한 성격. 이민성은 자존심 세고 직설적이고, 남성훈은 진지하다. 근데 왜 친하지?

아무튼, 우리는 같은 대학교의 스포츠 전공자들이다. 전기공학을 복수전공하는 성훈이만 제외하면.

이런 생각을 할 때쯤, 린 씨가 처음 보는 분과 이야기하고 있었다.

"안녕하세요. 실례지만 누구신지?"

"나는 서경필. 여기를 시공했다. 언제 봐도 어떻게 했는지 모르겠어."

어떻게 했는지 물어보자, 전문 산악 등반대를 고용해서 열흘간 임시 헬리콥터 착륙장을 지었는데, 천운으로 눈이 안 왔다고 한다. 그리고 건축자재를 옮기는 데에만 2억을 썼고, 전기, 산소, 난방, 통신 시설을 만드는 데는 반년이 걸렸다고 한다.

"If, 여기에 여관을 지으면 어떨까요?" 린 씨가 물었다.

"망해. 너무 비싸거든. 1박에 3천만 원?" 경필 씨가 대답했다.

모두 크게 웃었다.

"그런데, 여기를 짓는 데 엄청나게 고생하셨잖아요. 그런 일을 하려면 건축 전 시공을 좀 많이 해야 했을 텐데, 어떻게 하셨어요?" 과학도인 성훈이가 눈이 반짝였다.

"그게, 사실은 원래 산장의 위치가 여기는 아니었단다. 여기서 내려가는 길 쪽에 있는 다리를 건너면 있는 조그만 공터가 예정지여서, 우리는 그곳에 어느 정도 기초 설비를 해 두었지. 그런데 헬리콥터가 오지 않으면 도저히 공사가 안 되는 상황이었는데, 너무 좁아 착륙장이 들어서기 어려웠지. 그래서 그곳을 시공 인력 안부들이 머무는 곳으로 하고, 등산용 다리를 놓아서 이쪽에 공사했던 거란다."

"굉장하네요. 이런 위험한 걸 하려는 사람들이 있었어요?" 내가 물었다.

"그래서 전문 등산가들까지 섭외하느라 예산을 한참 초과했지. 35억쯤 들었나?" 돈은 참 많다.

가위바위보를 진 나와 상원이는 1층에, 가온이와 성훈이, 린 씨와 경필 씨가 2층의 한 방을, 영화 씨 부부가 또 한 방을, 1위 한 민성이가 혼방을 차지했다. 10시쯤 되자 다들 장거리 여행으로 피곤한지 방으로 들어갔다.

'음?' 밤에 인기척이 느껴져 눈을 떠 보니, 가온이가 부엌에서 뒤적거리고 있었다. 나는 그저 배고파서 그러려니 하고 다시 잠들었다.

2

다음날, 영화 씨 부부가 차린 아침을 먹고, 드디어 스키를 타러 나갔다. 다들 잠자리가 다른데도 잘 잔 듯했다. 린 씨만 빼고. '경필 저 친구는 잠자리 버릇이 고약해. 코는 엄청 고는 주제에 옆에서 폭탄이 터져도 잠만 잔다니까.'

"다들 스키 잘 타는 것은 알지만, 평원에서 내려갔다가는 다시는 올라오지 못할지도 모릅니다. 그러니 반드시 산장의 위쪽 고원에서만 타세요." 린 씨가 5번째 강조했다.

창고를 열자 그 속에는 대형 스노모빌 3대가 있었다. 그중 하나는 나와 상원이가 린 씨가 운전하는 데에 타고, 나머지는 가온이가 민성이, 성훈이를 태우고 무전기를 받았다. Wi-Fi가 안 돼서 무전기를 사용한다고 한다. 이상할지도 모르겠지만, 우리는 다들 스키 마스터에 스노모빌 운전이라면 도가 텄다.

아무것도 없는 눈 위에 사람들이 달린다. 1년 내내 아무도 오지 않는 곳에 스키를 타며 선을 긋고 눈가루를 날린다. 나는 물론 다들 행복이 넘쳐흐르는 표정이다.

"여기가 낙원인가?"

"아니, 천국 아니야?"

"1주일은 너무 짧은 것 아니야?"

나는 말할 시간도 아까워 미친 듯이 질주해댔다. 4시간 정도 타자 상원이가 "야, 스노모빌로 와!"라고 외치는 소리가 들렸다. 점심 먹으러 오라는 소리다.

"여기서 유일하게 아쉬운 것은 밥이 만족스럽지가 않아. 조리기구가 전자레인지뿐이거든."

"그래서, 안 올 거야?"

"그런 말은 아니잖아!"

서로 웃고 있는데, 문득 린 씨가 없다는 것이 기억났다.

"야, 린 씨는 어디 있어?" 내가 물었다.

두리번거리더니 상원이가 대답했다. "아마도 이 근방에 있는 통신소로 갔을걸?"

"통신소?"

"위급상황 때 지상과 연락할 수 있는 장비들이 설치돼 있어. 그거 점검 하러 간 거 아닐까?"

"그래?"

그러고는 다들 자기 취향대로 놀았다. 상원이는 스노모빌을 타고 질주 하고, 가온이는 스키로 묘기를 부리며 성훈이는 망원경으로 경치를 감상 하고 있었다. 나는 높은 봉우리에서 올라가고 내려가고를 반복하면서 놀 았다. 한참 놀다가 성훈이와 마주쳤다.

"어이, 잠시만 망원경 좀 빌리자!" 문득 떠오른 생각에 내가 말했다.

"100만 원이니까 잘 다뤄." 성훈이가 한없이 진지한 눈으로 대답했다.

"농담이지?"

"어. 78만 원이야."

재미없는 농담을 뒤로하고, 망원경으로 스노모빌이 다닐 수 있는 길, 즉 린 씨를 찾아보았다.

한 5분 정도 찾자, 한 200m 떨어진 곳에서 스노모빌과 철로 된 상자 같은 건물을 발견했다.

'저기가 통신소인가 보다.'라고 생각하고 망원경을 접고 다시 눈에 빠져 들었다.

그 평화는 저녁까지 지속되었다.

3

아무리 기다려도, 무전기를 사용해도 받지 않자, 우리는 다시 스노모빌을 타고 산장으로 돌아왔다. 린 씨가 있기를 바라면서. 문을 열자 거실에서 포커를 치고 있는 영화 씨 부부와 경필 씨가 눈에 들어왔다.

"어, 린 씨는?" 영화 씨가 물었다.

"우리가 묻고 싶은 말입니다. 여기 온 것 아니에요?" 가온이가 물었다.

"아니, 당연히 너희랑 올 줄 알았는데?" 경필 씨가 말했다.

"그럼 대체 어떻게 된 건데? 무전기도 안 통하잖아!" 민성이가 외쳤다.

창밖을 바라보았다. 불안함에 어두운 풍경이 일렁이는 것 같았다.

"찾아봐야 하나?" 성훈이가 중얼거렸다.

"까불지 마라. 그 사람은 전문가야. 금방 돌아오겠지. 와서 밥이나 먹어라."

들은 것 중 가장 밥 맛없는 대사를 하고서는 밥 먹으라고? 주위를 보니 다들 똥 씹은 얼굴이었다.

먹는 둥 마는 둥 하고, 친구들과 밖에 나갔다. 어두운 풍경은 여전히 일렁였다.

"이런 망할, 왜 안 오는 거야?" 민성이가 말했다.

"우리가 뭐 할 수 있는 것이라도 있냐?" 성훈이가 말했다.

"적어도 저 안의 늙은이 둘과 둔탱이보다는 나을걸. 우리가." 민성이가 대답했다.

"좋아. 다들 길 잃고 싶어? 얼어 죽을래?" 성훈이가 말했다.

"그럼 가만히 있게? 이런 일, 우리 전공이잖아." 상원이가 말했다.

약 15초 정도 잠적이 흐르고, 상원이가 그 침묵을 깼다.

"창고에서 장비 챙겨올 테니 이 앞에서 보자. 겁먹은 사람은 나오지 마."

우리는 문 앞에서 서성였다. 그 누구도 말하지 않았지만, 대강 눈치챈 듯했다.

아무도 오늘 밤 린 씨를 찾을 때까지 자지 않을 것이다.

3분 정도 후, 상원이는 랜턴, 방한 복장, 무전기를 들고 왔다.

"하나씩." 이 녀석도 예측한 듯 4개씩 가져왔다.

다들 착용했고, 성훈이는 산장에 들어갔다 나왔다.

"뭐 하고 왔냐?" 가온이가 물었다.

"이거, 적외선 망원경이거든. 그리고 우리 찾지 말라는 편지도 남기고. 다들 자고 있더라."

78만 원, 진짜인가 보다.

4

스노모빌을 타고 아까 왔던 길을 다시 달린다. 전혀 다른 느낌으로. 내가 탄 스키 선이 아직 남은 봉우리 위에 올라가, 통신소의 위치를 다시 확인했다.

"어때?"

"별거 아니야. 모빌로 올라갈 수 있겠어."

"위치, 잘 기억하고, 네가 운전해."

운전대를 잡고 통신소를 향해 발진했다. 가장 빠른 속도로 달려 5분도 안 되어 도착했다.

"최대한 비슷하게 왔지만, 오차가 생길 수 있으니 우리가 직접 올라가 봐야 해." 성훈이가 말했다.

"그러면 여기는 내가 지키고 있을게." 민성이가 말했다.

"랜턴 켜고 있어. 곧 올게." "빨리 가자."

다들 랜턴을 키고 나는 좌측, 상원이는 우측. 가온이와 성훈이는 중간으로 올라갔다.

"무전기로 1분마다 말해. 그래야 서로 상태 확인이 되지."

"찾았냐?"

"아니. 만약 안 보이면 그 즉시 모빌로 돌아와."

뚝. 목소리가 더는 들리지 않자, 오감이 느껴지지 않는, 무의 세계로 들어간 듯했다.

오직 귀를 때리는 조용한 바람 소리가 스산한 오싹함을 줄 뿐이었다.

"1분 지났다. 체크." 상원이 OK

"체크" 성훈이, 가온이 OK

"체크"

'좋아. 제발 살아있어라. 살아있어라.'

분명히 짧은 시간이었다. 실제로는 5분이 조금 넘는 시간이 영원처럼 느껴졌다. 이따금 들려오는 목소리로 내가 살아있는 것을 느껴야 할 만큼.

"또 1분 지났어. 체크." 성훈이 OK

"체크" 나도 OK

"……"

"뭐야? 가온!"

"…야…좀…"

"제대로 말해!"

"…좀 와봐!"

모두 모빌로 돌아온 후, 가온이가 간 방향으로 뛰어갔다.

얼마 지나지 않아 망원경으로 본 철제 건물과 린 씨가 타고 온 스노모빌이 눈에 들어왔다.

"야, 뭔 일이야?" 상원이가 외치며 뛰어 들어갔다.

"린 이 새끼 미쳤나 봐!" 린 씨를 잡고 끙끙거리는 가온이가 대답했다.

"빨리 와서 도와!" 민성이가 뛰어들며 말했다.

"d몽fd라ㅓfdaeㅇ뤄로ㅕ.." 린 씨가 아무 소리나 내는 듯 입을 벌렸다.

"잠시만 잡고 있어. 성훈아."

나는 밖으로 뛰어가 눈을 가져와서 린 씨의 얼굴에 박았다.

"케엑.. 컥컥컥…" 그렇게 몇 초간 발악하더니, 린 씨가 고개를 들었다.

"너희들 왜 여기에…"

"저희가 묻고 싶은 말인데요? 뭐 하느라 10시까지 여기 있는 거예요?" 민성이가 외쳤다.

"뭐? 10시!" 린 씨는 잠시 밖을 내다보더니 말했다.

"그럼 너희들은…"

"아저씨 찾으러 왔죠." 성훈이가 말했다.

"어떻게 된 거예요?" 가온이가 물었다.

"잠시… 아까 너희를 데려다주고 여기 와서 통신기들을 점검하고 있었는데, 갑자기 머리가 엄청 아프더라고, 정신을 차려 보니 너무 이상하게 보여서 발버둥 쳤는데, 차가운 느낌이 들더니 너희가 앞에 있었어."

"그럼 12시간 넘게 기절해 있었다는 것이 말이 되나요?" 성훈이가 외쳤다.

"나도 모른다! 갑자기 너희가 와서는 내 머리를 헤집고 있던 셈이잖아!" 린 씨가 사납게 말했다.

"야, 12시간 넘게 기절해 계셨고, 우리가 눈으로 충격을 준 셈이니, 이만 돌아가자. 일단 구했고, 린 씨는 쉬어야 해." 상원이가 말했다.

"그래, 돌아가자."

가온이가 말하며 린 씨를 부축했다. 그렇게 다들 나가는데.

"잠시만. 여기 통신장비 왜 이래?" 성훈이가 말했다.

"뭐가? 멀쩡한."

"야, 스노모빌 어딨냐?" 가온이가 물었다.

그리고 아무런 말도 없었다. 통신장비는 박살 나 있었고, 린 씨가 타고 온 스노모빌은 온데간데없이 사라진 상태이었다.

5

충격으로 기절해도 이상하지 않을 상황에, 성훈이가 말했다.

"넋 놓고 있을 시간 없어. 최대한 빨리 산장으로 돌아간다."

우리가 린 씨를 챙기다시피 해 돌아오자, 민성이가 매우 놀란 듯 무슨 말을 하려 했다.

그러나 성훈이가 먼저 입을 열었다.

"빨리 운전해. 나랑 린 씨가 탈 거니까. 나머지는 다른 차."

모두 굳게 입을 다물고 산장을 향했다. 그 표정에서 읽을 수 있는 감정은 두려움, 불안, 초조를 감추려는 냉정함과 억지로 쥐어짠 침착함이었다.

'보인다.' 빛이 보이는 순간 나를 포함한 다들 그렇게 생각했으리라.

아무 말 없이 내려서 산장으로 들어갔다.

들어간 순간 처음으로 본 것은 소파에 앉아 우리를 바라보는 영화 씨 부부와 경필 씨였다.

"너희! 제정신이야! 지금 무슨 짓…"

"닥쳐. 약이랑 음식이나 가지고 와." 민성이가 쏘아붙였다.

경필 씨가 화를 내려는 순간, 정인욱 씨가 일어서서 약과 음식을 가져왔다.

"급해 보이니 설명은 나중에 듣도록 하지." 그렇게 말하고는 "린 씨를 이리 내려놔라. 그리고 너는 담요를 가져오고." 라고 지시했다.

가온이가 린 씨를 소파 위에 내려놓았고, 내가 담요를 가지고 왔다.

정인욱 씨는 담요를 린 씨 위에 덮고, 머리 쪽의 상처를 약으로 치료했다. 한 10분쯤 지나자 린 씨는 정신을 가까스로 차렸고, 약간의 음식을 먹었다.

"일단 오늘 밤은 여기서 재우고, 너희들은 나랑 이야기 좀 하자, 경필 씨도 따라오시고요, 여보. 자고 있어."

그렇게 말하고는 다들 2층의 방에 모였다. 분위기는 더할 나위 없이 가

라앉아있었다.

"얘기해. 너희가 마음대로 나간 거랑 모빌 하나 없어진 거랑 린 씨의 몰골까지 다."

"말조심해. 우리 아니었으면 린 씨 죽었다."

"그래서, 학생 주제에 여기서 마음대로 행동한 것이 잘못이 아니라고?"

"입지랄 그만 떨어라. 알지도 못하는 주제에."

"이 새끼가 기어 올라와." 민성이와 경필 씨가 또다시 입씨름이나 하고 있다.

"쓸데없는 말싸움 하지 말고, 필요한 말이나 해. 시간이 아깝다." 성훈이가 중재했다.

"일단 너희 이야기부터 들어야겠다. 경필 씨가 물어본 것에 대해 대답해." 인욱 씨가 말했다.

상원이가 말했다. 우리가 아무리 기다려도 린 씨가 돌아오지 않은 것부터 산장에 돌아와 구하러(물론, 우리의 입장에 유리하게 각색되었다.) 간 것과 린 씨의 기이한 행동, 스노모빌의 실종 등등 모든 것을 설명했다.

"설마 그걸 믿으라는 거냐?"

"경필 씨, 그만 하세요. 거짓말이든 뭐든 현재 상황을 알아야 합니다."

"말 잘하셨네요. 지금 우리가 말한 것은 조금의 거짓도 없는 진짜니까."

"좋아, 그게 다 맞다 쳐. 그럼 대체 누가 한 건데! 애초에 여기에 있는 사람은 여기 있는 사람들 뿐이야. 왜 린 씨를 공격하겠어?"

"진정하세요. 여기 오기 전에 다들 숙지하는 것 있잖아요. 서로 협력하고, 불화가 없을 것."

"성훈. 조용히 해. 이 상황을 해결해야 하니까." 가온이가 앞으로 나오며 말했다.

"잘됐네. 오늘 밤 이거 끝내고 자자. 어!" 경필 씨가 외쳤다.

"다들 그만 좀 해요. 어차피 지금 알 길도 없고, 다들 피곤해서 제정신이 아니잖아요. 일단 다들 잠부터 자야 해요."

다들 서로를 죽일 듯이 노려보았고, 경필 씨가 "망할 놈들"이라고 말하며 일어나자 "씨X놈"이라고 민성이가 말하며 나가버렸다. 그리고 차례로 가온이, 성훈이, 상원이가 나가고 방 안에는 나와 인욱 씨만 남아 있었다. 인욱 씨 역시 일어섰지만, 광란의 도가니 안에서 가장 냉정했던 사람답게 표정은 차가웠다.

나 역시 일어섰는데 문득 궁금한 것이 생겨 물어보았다.

"혹시 의사세요?"

"그래. 아까 치료한 것 못 봤니?"

그날, 내가 한 말은 그것이 마지막이었다. 꿈같던 날이 악몽으로 바뀌는 날, 정말 길던 하루가 끝났지만, 그것이 시작이었다.

6

아침이 시작되자마자 다들 차가운 표정으로 거실에 모였다. 어제까지만 해도 서로 웃으며 떠들었던 사람들이라고는 도저히 생각할 수 없는 분위기 속에서, 성훈이가 입을 열었다.

"영화 씨는 지금 상황이 왜 이런지 모를 테니 설명해 드리죠. 어젯밤, 저희는 아무리 기다려도 오지 않는 린 씨를 찾으러 통신소에 갔습니다. 우여곡절 끝에 린 씨를 찾기는 했지만, 린 씨는 제정신이 아니었고, 진정시키는 중 린 씨가 타고 온 스노모빌이 사라졌습니다. 다행히 저희는 무사히 돌아왔지만 서로 논쟁이 있었고, 해결을 위해 오늘 아침에 다들 모인 것입니다."

"어머나. 그럼, 아직 린 씨를"

"공격한 범인이 누구인지는 모릅니다. 그거 알아내려고 다들 모인 것입니다."

"시끄럽고, 나는 이놈들이 마음대로 나가서 행동한 것에 대한 책임을

지게 하려고 온 거야."

"또 케케묵은 말이나 꺼내려고?" 또 저 둘은 말싸움이다.

"어쩌라고, 지금 중요한 것이 너의 자존심 세우는 거야? 아니면 린 씨를 공격한 범인 찾는 거야?"

"뇌 있으면 대답해. 잘나신 어른 양반." 민성이가 정곡을 찔렀다.

"뭐, 말이 좀 거칠긴 했지만, 잘 말했다. 지금 중요한 것이 전자입니까? 후자입니까? 경필 씨."

인욱 씨가 말하자, 경필 씨도 어쩔 수 없음을 인정하듯이 한숨을 내쉬고 입을 열었다.

"좋아. 그럼 당시 상황을 알아야 해. 린 씨는 깨어났나요?"

"네. 데리고 올까요?" 영화 씨가 대답했다.

"제가 갔다 오죠." 가온이가 그렇게 말하며 일어났다.

잠시 후, 린 씨가 비틀거리며 들어왔다. 피곤해 보였지만 안색은 어제보다는 좋아 보였다.

"린 씨, 괜찮으세요?" 상필이가 물었다.

"그래. 약간 어지럽지만 괜찮아. 어제 너희를 봤을 때 짜증 낸 건 미안하다. 제정신이 아녀서…"

"그러니까, 어서 알아내야 해요. 기억나시는 건 전부 말해주세요." 성훈이가 말했다.

뭐, 어제 우리에게 해준 말과 똑같았다.

"그럼…"

"그럼 귀신이라도 튀어나온 줄 알아? 사람이 쳤…" 민성이가 한 말은 실수였다.

저 말은 우리 중 하나가 범인이라는 사실로 이어지고, 추리 소설에서 참 많이 본 그런 상황이 우리 눈앞에 기다리고 있다는 의미다.

"그래서, 설마 알리바이 묻거나, 서로 의심하게?" 내가 물었다.

"그래야 하지 않냐? 일단 누가 했는지 알아야 안전할 것 아니야?" 성훈이가 말했다.

"동감이야. 무조건 알아야 해." 경필 씨가 말했다.

"우리가 누구인지 알 수도 없는 상황에, 안 그래도 안 좋은 분위기를 더 흐릴 필요는 없잖아요. 일단 크게 다친 사람은 없으니까 그냥 기다리는 것 어때요?" 가온이가 말했다.

"피해자인 나도 동감이다. 범인을 찾고 싶은 마음은 내가 제일 굴뚝같지만, 여기서는 신뢰가 무너지면 다 끝이야."

대강 보니, 나, 린 씨, 가온이, 인욱 씨는 알아내는 것에 반대하는 처지이었고, 성훈이, 경필 씨, 상민이, 상원이는 알아야 한다고 하는 입장이었으며, 영화 씨는 말하지 않았다.

"여보. 말을 해. 4대 4여서 당신이 하는 대로 입장이 정해질 거야."

"그래요. 뭐, 우리나라는 민주주의라고 하니, 더 쪽수가 많은 의견대로 하죠." 경필 씨가 말했다.

그러나 영화 씨의 입에서 나온 말은 예상치 못한 것이었다.

"다들 왜 그렇게 멍청해요?" 어이없다는 듯이 영화 씨가 말했다.

"무슨 소리야! 멍청하다니!"

"서로 믿는 것이 그렇게 중요하다는 것을 그렇게 잘 알고 계신 분들이 한쪽은 서로 의심하자고 하고 있고, 또 한쪽은 신뢰를 지키는 것 같으면서도 설득하지 않고 말만 앞세우는 것이 너무 멍청해 보여서요."

잠깐 정적이 흐르더니, 다들 자신을 보고, 눈앞에 있는 사람을 보았다.

나 역시 눈앞의, 하루 전만 해도 가장 친했던 이들을 바라보았다. 그리고 내가 얼마나 멍청해 보였는지도 알게 되었다.

왠지는 모르겠지만, 피식. 웃음이 나왔다. 아마 머쓱해서 웃는 것이 아니었을까? 어쩌면 심각한 분위기에 전혀 어울리지 않을 웃음이었지만 나를 시작으로 모두가 피식 웃었다.

그 뒤 우리는 서로 격하게? 사과하면서 관계를 다시 만들기 위해 노력했다.

"불안한 유대는 차라리 없느니만 못해." 경필 씨가 이런 말을 했을 때는 다들 크게 웃더니

"다시는 우리의 유대를 불안하게 만들지 마시죠."라고 가온이가 뒤받아쳤다.

또 다들 크게 웃었다. 자연스럽지는 않은 웃음이었다. 아마도 모두가 그런 웃음을 짓는 이유는 불완전한 유대에 대한 불안함을 없애려는, 모두의 공통된 심리 같았다.

그래도 확실히 아까보다는 더 나았다.

7

그 뒤, 다들 평소처럼 행동했다. 성훈이는 노트에 글을 쓰고 있었고, 가온이와 경필 씨, 민성이는 농담 따먹기를, 영화 씨와 인욱 씨가 상원이와 테이블을 정리했다. 아니, 행동하려고 애쓰는 것일까?

가만히 보니 나와 린 씨만 남아서 서로 이야기나 하려고 다가갔다.

"린 씨, 괜찮으면 수다나 떨어요."

"그래. 후유, 겨우 조금 진정됐네." 네가? 아니면 우리가?

나의 눈을 보더니 피식 웃고는

"나도 진정됐고, 여기도 진정되었다는 의미다."

"그래요? 그러면 정~말 좋겠네요."

잠시 서로 뜸 들이더니, 다시 말이 나왔다.

"린 씨, 혹시 어제 통신소, 처음 갔을 때부터 고장 나 있었나요?"

"No, 그때는 멀쩡했어. 참, 수리하러 가야 하는데, 혹시 도와줄 수 있니?"

"뭐, 좋아요. 할 일도 없는데, 제 친구들도 데려가죠."

할 일없어 심심해 보이는 성훈이와 수다 떨던 상원이를 끌어들였다.

"꼭 가야 하냐? 문제 생기면 우리만 의심받고, 깨졌던 유대가 또 개박살 날 텐데?"

"어쩔 수 없다. 수리하는 것은 반드시 필요해…" 린 씨는 말을 덧붙이려다가 그만두었다.

'누가 공격할지 공격당할지 모르니까 빨리 연락해서 빠져나가야 해.' 아마 이런 말이었을까?

"조심해. 린. 또 공격당했다가 실려 오지 말고."

다들 크게 웃었다. 아까보다는 조금 더 진심이 실린 것 같았다.

8

린 씨, 성훈이, 상원이, 내가 또다시 익숙한 길을 달린다. 린 씨가 가장 빠른 길로 왔기 때문에 이전보다는 3분 정도 단축되었다. 혹시, 스노모빌이 또다시 사라질 것을 우려해 모빌을 통신소까지 끌고 왔다. 린 씨의 운전 실력 덕분이었다.

"좋아, 그럼 시작하자. 상원아, 공구함 꺼내오고, 윤석. 들어가기 전에 사진 한 장만 찍어놔라. 성훈이 너는…"

"저는 기계 좀 다룰 줄 압니다. 외부 전기 차단했어요."

린 씨의 지휘 아래 다들 능수능란하게 움직였다. 그렇지만 쉽사리 고쳐지지는 않는 것 같았다.

"야, 작정하고 부셨네. 고생 좀 했겠는데…"

"어느 정도이기에?"

"회로 기판에 멀쩡한 게 하나도 없어. 이 정도로 박살 내려면 배트가 있어도 5분은 두드렸겠는데. 자재는 전부 창고에 있지만, 시간 좀 걸리겠어.

"어느 정도?"

"이렇게 6시간 정도?" 성훈이는 이렇게 말하고 한숨을 쉬었다.

우리는 잠시도 쉬지 않고 일했지만, 너무 망가져 속도가 나지 않았다.

"안 되겠다. 가서 경필 씨 좀 불러라. 그분도 기계에 정통하니까."

"그럼 왜 진작 안 불렀어요?"

"뭘 모르는 것 같은데, 오늘 전기시설 정기점검이야. 그분이 매년 오시는 이유 중 하나지. 미리 이야기해봤는데, 전기가 없으면 여기를 수리해도 먹통이라면서 점검하고 오겠다고 했어. 하지만 너희들처럼 설산을 돌아다니지는 못하니까, 누가 데리고 와라." 린 씨가 설명했다.

"내가 갔다 올게. 기계는 까막눈이라."

"상원아, 너도 같이 가. 지금은 혼자 다니면… 알잖아."

"알겠어. 서로 감시하자고. 습격은 없기를 바랄게."

성훈이는 대답 대신 옆에 있는 스패너를 끌어당겼다.

부우우웅… 눈 감고도 올 것 같은 길을 지나 경필 씨를 태웠다. 기다렸다는 듯 방한복에 자체 장비까지 갖추고 있었다.

말은 필요 없다는 듯이 올라탔고, 그와 동시에 불안한 마음에 통신소로 돌진했다.

전력으로 달려왔지만 아쉽게도? 스패너에 피가 묻어있지는 않았다.

"린 씨, 어떻습니까?"

"엄청나게 부셔놨지. 같이 해도 오늘 안에 끝날지 의문이군."

"그런 생각 할 시간에 하시죠. 기판 좀 잡아주세요."

다시 일사불란해진 통신소. 우리는 밥 먹을 때도 한 사람씩 돌아가면서 먹을 정도로 열심히 했다.

공학자 3명이 뭉치자, 제아무리 복잡하던 수리도 조금씩 물꼬가 트이는 듯했다. 덕분에 우리도 2배는 빠르게 뛰어다니고 있다.

경필 씨가 온 지 4시간 정도 후, 수리가 끝났다. 아니, 작업이 종료됐다.

"이제 끝난 건가?" 상원이가 물었다.

"지금 있는 사람과 재료로 할 수 있는 것은 이게 끝이야." 경필 씨가 대답했다.

"응답하라. 응답하라. 이런, 연결이 안 되네." 린 씨가 말했다.

"이유가 뭐든 간에, 더는 할 수 있는 것은 없지 않나요?"

"그래도 수리를 제대로 했는데 대체…"

갑자기 나는 오싹한 한기가 들어 뒤쪽을 바라보았고, 경악하여 말했다.

"저…. 저기, 그 이유가 혹시… 저거야?"

내 말에 다들 뒤를 돌아보았고, 다들 새파랗게 질렸다. 아마 내 얼굴도 다르지 않을 것이다.

시야가 극단적으로 좁아졌다. 즉, 눈보라가 휘몰아치고 있었다.

9

"이제 알겠네. 평소라면 가볍게 연결되겠지만, 지금 시설은 겨우 땜질한 정도니까 눈보라 때문에 장애가 있는 것 같군." 린 씨가 말했다.

"그럼 어떻게 해요?" 내가 불안한 마음에 물었다.

"…"

"…"

"일단 돌아가야죠. 더는 할 수 있는 것이 없으니까." 성훈이의 냉철함은 이젠 놀라울 정도다.

"돌아갈 수나 있을까? 사거리가 너무 짧아." 경필 씨가 내뱉었다.

"그러면 일단 기다려보죠. 혹시 잦아들지도 모르잖아요." 상원이가 말했다.

눈대중으로 8시쯤, 슬슬 어두워질 때쯤, 린 씨가 말했다.

"더 지체했다가는 여기서 하룻밤을 지내게 생겼다. 베이스(산장)에 무슨 일이 있을지 모르니, 일단 돌아가자."

"그냥 여기서 하룻밤을 지내는 것이 어때, 린? 돌아가는 것보다 그게 더 안전할 것 같은데?" 경필 씨가 불안한 말투로 말했다.

"첫째, 의문의 습격자. 둘째, 베이스의 안전. 셋째, 여기서 작동되는 난방 시설이 통신과 함께 발할라로 가 버렸으니, 가는 게 옳은 것 같은데요?" 성훈이가 분석했다.

"타기나 하시죠." 상원이가 말했다.

한 대에는 나와 경필 씨, 성훈이가, 나머지 한 대에는 린 씨와 상원이, 장비들을 실었다.

"다들 라이트 꺼내서 주변을 비춰 줘." 내가 말했다.

그렇게, 하얀 공간 안으로 돌진해 들어갔다.

"린 씨, 제대로 가고 있는 거 맞아요?" 내가 물었다.

"수십 번을 왔다 갔다 한 길이야. 확실해." 린 씨가 대답했다.

"아 참, 그런데 통신소는? 괜찮은 거야? 아무도 없이 놔둬도?" 성훈이가 물었다.

"내가 그렇게 허술해 보이냐? 유일한 연락망이니 외부 충격 막으려고 금고 수준으로 만들었어. 문을 잠갔으니 절대로 못 들어와." 경필 씨가 대답했다.

"잠깐, 연락망이 하나뿐이에요?"

"비상 장비들은 창고에 있지만, 주 연락망만큼 작동하지 않거든."

그런 이야기를 나누다가 눈앞에 약간 높은 언덕이 나타났다.

"인원 많으니까 넘지 말고, 나눠서 가자." 성훈이의 말에 따라, 나는 오른쪽, 린 씨는 왼쪽으로 방향을 틀었다. 얼마 지나지 않아 서로 다시 합류했다.

"린 씨, 이제 어디로 가면 되나요?"

"…"

"어이? 린?" 경필 씨가 말했다.

"…"

"뭐야, 조금 돌았나?" 오른쪽에서 나타난 린 씨가 말했다.

"저… 린씨?"

"왜? 귀신이라도 봤어?"

"그럼…. 여기는"

"…!"

다들 오른쪽의 모빌을 쳐다보았다. 우리의 것과 완전히 같은 모빌이었지만, 운전자는 내가 모르는 사람이었다.

여기에 존재해서는 안 되는 사람이었다. 그가 손에서 무엇인가를 꺼내 들었다.

총이었다.

10

"모두 고개 숙여!" 내가 그렇게 말하고는 핸들을 오른쪽으로 격하게 틀자, 두 모빌이 부딪쳤다. 내가 탄 모빌이 더 무거웠기에 그 모빌은 옆으로 팅겨 나갔고, 총이 발사되었지만 빗나갔다.

"당장 흩어진다. 어떻게든지 따돌려!" 린 씨가 그렇게 외치고는 핸들을 270도 꺾었다. 그와 동시에 나도 앞으로 액셀을 밟았다.

그 형체는 조금도 망설이지 않고 우리를 선택했다.

"경필 씨, 긴 물건 없어?!" 성훈이가 물었다.

"시끄러워, 총 맞을 걱정이나 해! 린! 너만 살면 아주 즐거울 것 같냐?" 경필 씨가 소리쳤다. "왼쪽!"

또다시 격하게 핸들을 틀었고, 모빌의 날에 눈이 날렸다. 그 형체는 눈가루 때문에 시야가 방해되는지, 총을 쏘지는 않았다.

"이러다가는 그냥 맞는다. 긴 물건! 아니면 던질 수 있는 쇠붙이! 아무것도 없어?"

"알아서 해!" 내가 짜증 나서 외쳤다.

"경필 씨, 공구함 어디 있어?"

"내 좌석 밑에, 그런데 뭐?"

"잠시 일어날래? 내가 신호하면?"

"미쳤…"

그 소리는 총소리에 묻혀 버렸다.

"야 괜찮아?" 급박하게 물었다.

"어. 저 녀석, 에임이 별로인 것 같아." 성훈이가 말했다.

"장난칠 때냐?"

"지금!" 성훈이가 신호했고, 동시에 나는 모빌의 무게중심이 약간 변하는 것을 느꼈다.

"됐어."

"야, 전선이랑 배터리로 뭘 하려고!"

"닥치고 봐."

끼릭끼릭.. 철컥..

"그놈 어디 있어?" 답답해진 내가 물었다.

"음? 뒤에 없는데?"

"그럼 따돌린…"

말을 끝내기도 전에, 옆에서 큰 충격이 가해졌다. 미친 듯이 모빌이 미끄러지며 돌았다.

그 와중에, 그 미친놈이 총을 꺼내는 모습이 얼핏 보였다. 그리고 손가락이…

"찰칵!"

미칠 듯이 밝은 빛이 뿜어져 나와, 나는 눈을 뜨지 못한 채로 그냥 핸들을 잡고 앞으로 밟았다.

'어? 나 안 죽었네?'라는 생각이 들 때쯤, 윙윙거리던 귀가 잦아들면서 소리가 들리기 시작했다.

"어땠냐? 내 라이트 개조?" 성훈이가 물었다.

"죽지 않으니 욕은 안 하마." 경필 씨가 십년감수한 목소리로 말했다.

"뭘 한 거야?" 내가 물었다.

"용접기의 배터리를 내 라이트에 연결해서 출력을 뻥튀기했지. 근데 엄청 과열됐네." '고맙군, 날 죽일 뻔한 생명의 은인'

"좋아, 그럼 이제 완전히 따돌린 거네? 산장으로 가자."

"어딘지는 기억나냐?"

"저 앞이 우리가 스키 탔던 곳 아니야?" 성훈이가 말했다.

"그렇네. 저리로 가자." 그리고는 방향을 틀어 그곳을 향했다.

속으로 기도했다. 나는 무교이기는 하지만, 이 엿 같은 상황은 신이 아니면 안 될 것 같았다.

'공자님께 기도드립니다. 이 상황 바꿔주세요.'

"야, 저 망할 놈이 우리 또 쫓아오는데?"

'공자님은 안 되나 보군.'이라는 생각이 들 때쯤 갑자기 머리에 생각이 스쳤다.

"성훈아, 그거 과열시켜!"

"윤석아, 너도 기어이 미친 거냐?" 경필 씨가 절망하듯 외쳤다.

"오케이. 뭔 뜻인지 알겠다."

성훈이는 그렇게 말하고는 빛을 최고 단계로 높였다. 어찌나 밝은지 나도 빛이 보이는 듯했다.

"경필 씨, 저놈이 우리한테 총 겨누려고 할 때 말해줘." 빛 때문에 눈을 잘 뜨지 못하는 성훈이가 경필 씨에게 말하는 듯했다.

"하… 실패했다가는 우리 모두 죽는 거 알지?" 체념한 듯 내가 말했다.

너무 긴장돼서 핸들을 잡은 손이 헛돌지 않도록 혀를 깨물어 정신을 유지해야 했다. 실제로는 5초가 되지 않았을 시간에, 나는 내 가족, 대학,

돈, 미래, (있을) 여자친구까지 생각했다.

"지금!" 경필 씨가 외쳤다.

그 말에 나도 뒤를 돌아봤다. 성훈이가 플라스틱이 녹아내린 라이트를 전력으로 앞으로 던지자, 과열된 라이트가 터져 버렸다. 그놈은 예측을 못 했는지, 폭발음과 불꽃에 휩싸여 버렸다.

"달려!" 뒤쪽에서 두 목소리가 동시에 외쳤다.

말이 끝나기도 전에 나는 모빌을 최고 속도로 달렸다. 어지간해서는 위험해서 그렇게 가속하지는 않지만, 상황을 벗어나려면 이 방법뿐인 것 같았다.

1분 정도 달린 뒤, 내가 물어봤다. "이제는 안 쫓아오냐?"

"어. 인제 그만 산장으로 가자. 하…" 성훈이가 지친 듯이 말했다.

"다들 라이트 꺼. 위험하기는 하지만, 어두운 마당에 더 빛을 밝혀서 위치를 들키고 싶지는 않아." 내가 말했다.

모빌의 빛만으로 산장을 찾는 것은 위험해 보였지만, 다행히 4번 넘게 지나온 길이라 어느 정도 가자 산장과 그 앞에서 라이트를 들고 있는 린 씨와 인욱 씨, 상원이가 보였다. 순간 '다 왔다.'라는 안도감이 들며 긴장이 풀리자, 땀이 식으면서 엄청 추워졌다. 안쪽부터 얼어가는 것 같았다.

"다들 괜찮아? 일단 안으로 들어와라." 인욱 씨가 말했다.

"놔두고 가서 정말 미안하다. 그 상황에서 할 수 있는 일이 그것뿐이라 미안했다." 린 씨가 말했다.

"알고는 계시니 다행이네요. 그런데 왜 수색을 안 나가신 거죠?" 성훈이가 약간 빈정댔다.

"나갔는데, 멀리 나가기에는 그놈이 어디서 나타날지 몰라서…" 린 씨가 말끝을 흐렸다.

"그걸 지금…"

"빨리 들어가죠. 참, 라이트 하나 날려먹었어요." 내가 성훈이의 말을 재빨리 가로챘다. 저 녀석, 성격상 분명히 이유를 따지려 들 거고, 그랬다가는 안 그래도 불안한 관계가 결딴날 것은 뻔했기 때문이다.

일단 오늘 더 눈보라를 뚫으며 추격을 벌일 일은 없을 듯했다.

다 같이 안으로 들어가자, 영화 씨와 민성이가 기다리고 있었다. 나와 상원이는 몸을 녹였고, 린 씨는 모빌 수리, 충전한다며 나갔다. 그 와중에 상원이는 민성이에게 오늘 있었던 삼도천 몇 번 본 경험을 말해주었다. 성훈이는 뭔가에 홀린 듯이, 미친 듯이 적고 있었다.

"그러니까, 린 씨 뚝배기에, 통신장비 작살까지 모자라서 총을 쏜다고?" 민성이가 믿을 수 없다는 듯이 말했다.

"그래, 성훈이가 라이트로 폭탄을 제조해서 살았지."

"그 빛 때문에 나도 죽을 뻔했지만." 내가 덧붙였다.

"야. 영웅. 너는 뭐 할 말 없냐?"

"……"

"뭐 하냐?"

"오늘 다 못 고친 거. 내일 어떻게 고칠까 생각하고 있었어." 성훈이는 이럴 때면 영락없는 공돌이다.

"이놈의 눈보라 없어질까?" 민성이가 말했다.

"모르지. 놀러 온 곳에서 교관이 가격당하고, 통신장비 작살나고, 눈보라 속에서 총과 폭탄으로 추격전을 벌이는 것만 보면, 톰 크루즈 뺨치는 액션 영화 아니냐?"팩트여서 웃프다.

"하아… 그러게. 진짜 진 빠지는 날이었어."

"가온이 자식이 부럽네. 우리가 온갖 부조리는 다 겪을 때 혼자서 하하 호호 눈 구경이라도 한 거 아니야?" 내가 말했다.

"야, 그런데 가온이 어디 있나?" 성훈이가 캠프파이어에서 튀기는 불꽃인 양 날카롭게 말했다.

…..

"영화 씨, 가온이 어디 있어요?" 상원이가 물었다.

"음? 그 애? 8시쯤 밖으로 혼자 나갔어. 할 일이 있다고… 민성이가 악을 쓰면서 필사적으로 반대했는데, 내게 '지금 아니면 절대로 할 수 없는 일이 있습니다.'라고 하면서. 그리고 한 30분 지나서 너희가 온 거야. 하도 안 와서 안쪽에 있던 사람들이 모두 나가서 잠시 찾았는데, 안 보이더라고."

"그럼 지금…."

타이밍이 참으로 훌륭했다. 상원이가 목소리를 높일 때 문이 벌컥 열렸다. 그리고 폭탄 맞은 듯한 가온이의 모습이 눈에 들어왔다.

"뭔 일이야? 큰일이라도 났어?"

"큰일은 네 얼굴이랑 몸에 났다. 뭔 일 있었어?" 민성이가 쏘아붙였다.

"뭐, 알아볼 게 있어서. 어? 다들 무사했네. 다행이다. 참, 눈 좀만 털고 올게." 가온이의 대수롭지도 않다는 태도는 피곤한 정신에 각성제 100개를 처먹인 듯한 효과가 있었다.

"야! 너 지금 장난해! 저 밖에 뭐가 있는지도 모르는 상황에, 저승 갈 뻔한 친구가 돌아와서 범인 새끼가 누굴까 머리 싸매고 있는 상황에 딱 봐도 수상한 모습으로 돌아와서는 뭐? 알아볼 게 있어? 솔직히 네가 범인이라고 해도 전혀 이상하지 않거든?" 감정에 잘 휘둘리는 민성이가 소리를 빽빽 질러대자, 가온이도 가만히 있지 않았다.

"누군 그걸 모르는 줄 알아! 너만 뇌가 있다고 착각이라도 하나 본데, 생각대로만 말하면 되는 줄 알아? 나도 내 나름대로 할 수 있는 일이 있어서 그런 행동을 취한 거거든! 나라고 내가 그런 타이밍에 사라지면, 의심 안 받는다고 생각 절대 안 해. 아무것도 모르면 짜져 있어!!!" 반응하자마자 민성이가 가온이에게 악을 쓰면서 달려드는 것을 상원이가 잡았고, 내가 가온이를 잡고는 산장 밖으로 끌어냈다.

엄청나게 시끄러운 소리를 뒤로하고, 나는 가온이를 이끌고 창고 반대쪽으로 이끌었다.

11

　가온이의 얼굴은 붉으락푸르락 뒤틀려 있었다. 지금 다시 생각해보면, 무리도 아니라고 생각한다. 하지만 그 상황의 나는 너무 지치고 곤두선 작두 같은 상태. 칼과 칼이 맞부딪치면 나오는 것은 날카로운 파열음과 불꽃, 그 이외의 것은 나오지 않을 것이다.

　"비켜. 저놈에게 주먹을 꽂아야 속이 좀 시원해지겠어."

　나는 대답 대신 그 친구의 뒤통수를 잡고 눈 속에 처박았다.

　푹 하고 박히는 느낌이 들자, 가온이가 몸부림치더니 나를 잡아 들어 올리더니 마찬가지로 눈에 박아 버렸다.

　나는 힘을 써서 저항해 보았지만 피로해서 그런지 힘이 전혀 나오지를 않았고, 얼굴을 빼낸 가온이는 나를 멱살 잡고 노려보았다.

　"뭐 하는 거야! 이 미친…"

　"열이나 식혀. 광분한 놈아."

　그렇게 말하면서 눈을 뭉쳐 가온이의 이마에 던졌다. 순간, 가온이의 어깨가 움찔, 하면서 움직이려는 듯했지만, 크게 심호흡을 하더니, 내 옆에 앉아서 살의를 담은 목소리로 말했다.

　"이야기해. 뭔 일이 있었는지. 좀 알아야 이 상황이 이해되지."

　'네가 나한테 총 쏜 그 새끼일지도 모르는데, 정보를 달라고? 그렇게는 안 되지.' 나는 속으로 그런 생각을 삼키면서 말했다.

　"너 먼저 얘기해. 뭔 일 했는지."

　"내가 먼저 물었어."

　"그런가… 좋아. 우리는 수리하고 돌아오는 길이었는데, 눈보라 때문에 길을 잃어서 한참 동안 길 잃고 헤매다가 방금 돌아왔어."

　당연히 세세한 정보는 주지 않을 생각이었다.

"나는 너희가 나간 뒤, 창고에서 공구 정리하고, 경필 씨 도와서 전기 시설을 점검했어. 그가 너희한테 합류하러 간 뒤에는 린 씨를 공격한 범인이 누구인지 생각했고, 한 5분 전에 너희를 찾아보려고 잠시 나가서 기다리다가 돌아왔어. 이제 의심이 풀리냐?"

눈빛에서 알 수 있었다. '네가 내 말 안 믿는 것쯤은 알고 있어.'라고 말하는 듯한 눈.

아마 내 눈도 그와 크게 다르지는 않을 것이다.

잠깐 불신에 가득 찬 눈빛으로 서로를 보다가, 산장 쪽으로 걸음을 돌렸다. 내가 먼저 걷자 가온이는 거리를 유지하려는 듯 멀리서 따라왔다.

문 앞에 도달하자, 손잡이에 손을 올리려고 했다. 갑자기 문이 확 열리며, 경필 씨가 영문도 모르는 나를 안으로 잡아끌었다.

"무슨…"

"설명은 인욱 씨가 해주실 거야."

나를 안으로 밀치더니, 문이 순식간에 잠겼다.

안을 보자 소파에 다들 심각한 얼굴로 앉아 있었다.

"뭔 일이에요? 다들…"

그 말에 영화 씨가 고개를 들었다. 순간 심장 맥동이 멈추는 줄 알았다. 늘 푸근하던 영화 씨가 그렇게 얼어붙은 얼굴을 하는 것은 처음이었다.

"정말 이런 말 하고 싶지는 않지만…" 영화 씨가 말을 꺼냈다.

"우리가 가온의 가방에서 이런 걸 찾았지 뭐니…" 인욱 씨가 그 말을 받았다.

그리고는 손을 앞으로 뻗으셨다. 그 손에 들려있는 것을 보고는 나는 다리가 풀려 주저앉고 말았다.

나를 삼도천 보낼 뻔한 흉기.

총이었다.

12

그 뒤로는 어떤 일이 있었을지는 다들 짐작이 갈 것이다. 모두 아무 말 없이, 밖으로 나갔다. 경필 씨가 한 손에는 총을 든 상태로, 맨 앞에 서서 말했다.

"가온, 아니… 범인아. 당장 꺼져."

가온이의 표정은 딱딱하게 굳다 못해 소름 돋을 정도로 날카롭게 우리 모두를 응시했다.

"다들 미쳤어? 내가 뭘 했다고 그래?"

"이 총이 너 대신 말해주었거든. 네가 이 모든 짓을 했다는 걸."

"그래서? 내가 그걸 쐈다는 증거라도 있어? 성훈! 상원! 민성! 윤석! 너희도 다 같은 생각이야? 단지 나는 알지도 못하는 총 하나 때문에?" 가온이가 외쳤다. 아니, 내 귀에 들리기에는 우리를 향해 절규하듯 비난하는 것 같았다.

"참 아쉽네. 이 총에 총알이 없다는 것이 말이야." 경필 씨의 빈정거림. 가온은 더는 참지 못하는 것 같았다. 잠시 우리를 살기 어린 눈빛으로 바라보더니, 뒤로 돌아서 걷기 시작했다.

"베이스 근처의 창고나 발전소 근처에는 올 생각도 하지 말고, 당장 꺼져버려." 이 말이 끝나자마자 가온이는 뒤쪽으로 가운뎃손가락을 올려주더니, 달려갔다.

그리고는 우리의 시야에서 없어졌다. 마치 하얀 안개로 이루어진 괴물이 가온이를 삼켜버린 듯했다.

13

"린, 나 좀 도와줘. 발전기랑 창고 좀 봉인하자. 저 녀석이 올지도 모르니까."

그 말이 끝나자, 그 둘은 아무 말 없이 라이트를 들고 사라졌고, 나는 산장으로 들어갔다. 민성, 상원, 영화 씨와 인욱 씨, 성훈 순서대로 들어왔고, 잠시 뒤 경필과 린 씨가 돌아왔다.

시계를 보니, 벌써 11시가 다 된 시간이었다. 그러나 머릿속을 가득 채운 생각이, 졸음을 전혀 느끼지 못하게 방해했다. 머릿속은 오직 가온이에 대한 생각만이 떠올랐다.

다들 표정과 분위기가 전혀 다르다. 하나하나 전부 멍하니 허공을 응시하거나 바닥을 응시하며 중얼중얼하고 있었다.

"자자, 이제 범인도 나갔으니, 다들 잠 좀 잡시다." 경필 씨는 참 분위기 파악 못 한다. 이 분위기의 싸늘함이, 이틀 전만 해도 다 같이 웃던 사람을 총으로 위협해 내쫓은 것에, 그리고 자신들이 그 짓을 하고서도 슬프거나 안타까운 표정조차 짓지 않는다는 것에 대한 충격이라는 것을 모르는 걸까?

잠시 뒤, 린 씨가 말했다.

"그래도 좋은 소식 하나쯤은 알려주어야 되겠네요. 눈보라가 점점 잦아들고 있습니다. 올 때는 시야가 나름 확보되더군요. 내일이면 우리는 헬리콥터를 부를 수 있을 것입니다.

다들 얼굴이 조금은 풀어지는 것 같았다. 하지만 나는, 마음 한 곳이 허전하다.

'그럼 가온이는 어떻게 되는 건데…'

이 말을 나는 끝내 하지 못한 채, 잠자리에 누웠다.

불을 끄자, 내 생애 가장 긴 밤이 시작되었다.

14.

물론 잠이 올 리가 없었다. 오히려 어두우니 눈으로 들어오는 정보가 없고, 다들 조용하니 귀로 들어오는 정보도 없으니, 내 머릿속의 생각에 더 집중되는 것 같았다.

내 머릿속에서 한 가지 생각이 울렸다.

'가온이를 버리다니, 내 친구고, 가장 친밀한 사람 중 하나를 내 손으로 버리고 간다고? 그 친구가 범인이 아니라면? 범인에게 공격당해 죽거나 얼어 죽거나 굶어 죽거나…'

이런 온갖 끔찍한 상상을 뚫고 또 하나의 목소리가 울렸다.

'총이 발견됐고, 린 씨가 공격당했을 때, 가장 빠르게 린 씨를 만난 사람이 가온이고, 우리가 눈보라 속에서 달릴 때 산장에 없었고, 그렇게 모빌을 타고 질주할 수 있는 사람은 가온이 뿐이었어.'

'그것이 이유라도 친구가 우리를 공격할 리가 없고, 우리가 그 녀석을 죽일 수 있는 이유가 되는 것은 아니야.'

'총까지 발견됐으니, 더 확실한 게 어디 있어? 쏠 용도가 아니면 왜 가져왔고, 총알도 없었으니 우리에게 쏜 그 총이겠지.'

…

…

잠시 머릿속이 텅 비었다가 결론인 듯한 외마디 생각이 떠올랐다.

'그래. 총까지 발견됐는데, 내가 다른 사람을 의심하는 것은 공연한 짓이야. 내일이면 나가게 되니, 공연히 책임 의식 가질 필요 없어.'

이런 생각이 들며 나는 두 가지 감정이 떠올랐다.

첫째. 내가 나가지 않았고, 내일이면 이곳을 벗어난다는 안도감.

둘째. 친구를 뒷전으로 몰고 그런 안도감을 가진 나에 대한 불쾌함.

이 두 가지 생각이 나를 잡아먹을 듯할 때, 나는 소리 없이 고함을 질렀다.

"그래서 어쩌라고! 내가 여기서 뭘 할 수 있는데! 내일이면 나가는 것이 내게는 최선이야. 공연히 영웅 의식이나 가졌다가 나만 손해 보는 것이 내가 할 수 있는 최악이야."

나는 마지막으로 그렇게 생각하며 눈을 감았다.

한 3시간 정도 지났나. 나는 겨우 잠재운 머릿속을 가지고 잠이긴 하지만 거의 깨어있는 몽롱한 상태로 있었다.

그러다 별안간, 내 머릿속을 뚫는 생각이 떠올랐다. 정말로 떠올리기는 싫었지만, 그 한마디는 잔잔한 물속에서 튀어나온 물방울 하나처럼 내 머릿속을 요동치게 했다.

'정말로 이게 최선이야?'

연이은 질문들…

'이게 최고 맞아?'

'후회하지 않을 거야?'

'내일 눈을 떴을 때, 거울 앞에 자신 있게 설 수 있어?'

마음만 같아서는, 평소 같았으면 나는 나에게 "나대지 마."라고 외쳤을 거다. 하지만 나는 그럴 수 없었다. 왜일까?

그것은 아마, 내가 내일 거울 앞에 자신 있게 설 수 있으리라고 생각할 수 없었기 때문이었을 것이다.

'그럼 뭘 해야 내가 내일 마음이 편안할까?'

나는 스스로 물었다.

답은 곧 나왔다.

'내가 할 수 있는 것을 모두 해서 성공하거나 실패하면.'

나는 몸을 일으켰다.

15

나는 몰래 2층으로 올라가 민성이의 방에 들어갔다.

내가 들어가자마자 인기척이 느껴지는 것을 보아, 일은 생각보다 쉬울 듯했다.

"너도 잠 안 오는 거지?" 민성이가 자책하듯 내뱉었다.

"그럼, 같이 잠 안 오는 요인을 없애러 가는 것 어때?"

어두웠지만, 민성이의 눈동자가 커지는 것이 느껴지는 듯했다.

"나는 가온이를 찾아 나설 생각이야. 어떻게 할래?"

잠시의 뜸을 들이더니 민성이가 대답했다.

"알지, 이거 엄청 위험한 거."

"피차일반이지. 우리가 그냥 기다려서 마음을 죽이던가, 뭐라도 해서 몸을 다치던가."

방 밖으로 몸을 향했다. 그러자 민성이가 따라 나왔다.

"동의로 알아들을게." 아무 말도 없는 것을 보니, 긍정하는 듯했다.

우리는 스노모빌, 스키 아무것도 없이 우리의 옷과 라이트(저번에 사용한 것을 창고에 넣지 않았었다.)를 챙겨 밖으로 나왔다. 린 씨의 말대로였다. 이 정도 날씨라면 곧바로 통신해 헬리콥터를 부를 수 있을 것 같았다.

"무작정 나오기는 했는데, 어디로 갈 거야?" 민성이가 물었다.

사실 이에 대한 답은 하나밖에 생각 못 했다.

"들어봐. 아까 우리가 가온이를 내쫓을 때, 가온이가 저쪽으로 갔지?" 내가 화살표로 방향을 가리켰다.

"어, 그런데 왜?"

"저곳은 지형상 내려가는 곳이지. 그렇지?"

민성이는 잠시 주위를 둘러보더니 고개를 끄덕였다.

"이거 좀 봐." 나는 품속에 놓여있던, 여기 올 때 상원이가 준 팸플릿을 보여주었다.

"첫날, 경필 씨가 얘기했지. 공사를 위한 기초시설은 다리 건너, 예전 예정지였다고."

"그럼!"

"가온이가 그 말을 기억했다면 아마 그곳으로 가서 추위를 피하려고 할 거야. 다른 곳은 다 잠겼고, 통신소는 모빌 없이 가기에는 너무 멀잖아."

"그럼 뭘 망설여! 가자!"

그렇게 말하며 우리는 걷기 시작했다. 다행히 눈이 그쳐서 스노 부츠만 신어도 어느 정도 걸을 만했다.

한 15분쯤 걸었을까? 눈앞에 거대한 협곡 비스름한 것이 나타났다. 폭은 눈대중으로 보기에 한 20m 정도 되는 듯했다.

"야, 이건 좀 재밌을 것 같은데…" 민성이가 말했다. 허세 같지는 않았다.

"참 다행이네. 나는 무서워 지릴 것 같은데." 솔직히 나는 민성이만큼 용감하지는 못하다.

"그럼 이 형님만 믿어라!" 평소 같으면 핀잔을 주었겠지만, 이번에는 솔직히 믿음직스러웠다.

그렇게 우리는 조심조심 다리 위로 올라갔다. 흔들다리는 아니었지만, 바람 때문인지 약간 진동이 발을 통해 전해져 왔다. 그렇게 나는 엉거주춤 걷는데, 민성이는 아무렇지도 않은 듯 성큼성큼 걸었다. 나도 마지못해 눈 딱 앞에 고정하고 뛰다시피 해, 겨우 건넜다.

"후유…." 내가 크게 내쉬었다.

"왜? 그렇게 무서웠냐?"

나는 못 들은 척하며 주위를 둘러보았다. 그리고 새로운 고민을 하기 시작했다.

16

우리가 건너온 그것까지는 좋았다. 그런데 이제 어디로 가야 할지는 알수가 없었다. 팜플릿을 다시 읽어도 예비 시설이 어디에 있는지는 명시되어있지 않았다.

"야, 어디로 가야 할까?" 내가 물었다.

"글쎄… 발자국 같은 건 없나?"

"이미 내린 눈에 다 지워졌어."

"그럼 어떡하지?"

나는 잠시 생각하고 나서 말했다.

"일단 공사를 하는 데 사용한 시설이니까 그리 멀지는 않을 거야. 잠시만 둘러보자."

가온이? 혹은 범인이 나타날지 모르는 상황에서 서로 떨어지는 것은 고려할 필요도 없었다. 나와 민성이는 주위를 보고 또 보았지만, 인공적인 건축물은 잘 보이지 않았다.

"이렇게 하다간 끝이 없겠는데, 라이트를 전 방향에 비춰 보자. 철 같은 거에 반사되기라도 하겠지." 민성이가 말했다. 솔직히 나는 반대하고 싶었다. 라이트를 최대로 켜서 비추면 찾을 가능성이 조금이라도 있을 것 같기는 했지만 '나 여기 있다.'라고 깃발을 드는 것과 전혀 다를 바가 없었다.

하지만 뾰족한 수가 없으니 대답 대신 나는 내 라이트를 최대로 틀어 전 방향에 비추었다. 갑자기 새벽이 온 듯 주변이 밝아졌다. 그렇게 한 2분쯤 비추자, 뭔가 부자연스럽게 빛나는 부분이 눈에 띄었다.

"저기다!" 우리가 동시에 외쳤다. 그리고는 함께 그곳으로 뛰어갔다.

도달하자 보이는 것은 소위 '폐허'라고 불러도 될 만한 광경이었다. 녹슨 철근에는 성에와 눈이 덮여 있었고, 녹슬어 구멍이 뚫린 컨테이너가 기괴함을 더했고 유리창이 있었을 것 같은 네모난 구멍이 있었다. 아무리 봐도 귀신 나올 법한 광경이었다.

"야, 범인 진짜 귀신 아니야?" 내가 농담으로 분위기를 풀려고 했다. 민성이는 한참 동안 나를 한심하다는 눈으로 쳐다보았다가 이내 다시 주위로 시야를 돌렸다.

"그런데 여기 가온이가 있으려나?" 민성이가 물었다.

"이게 대답이 될 것 같은데." 나는 라이트를 앞쪽으로 비추며 말했다.

빛이 닿는 지점에는 약간 움푹 파인 지점이 규칙적으로 배열되어 있었다. 눈으로 인해 거의 보이지 않았지만, 분명히 발자국이었다.

우리는 즉시 그것을 따라갔다. 물론 범인의 것일지, 가온의 것일지, 혹은 그 둘 다일지에 대한 생각이 머리에 메아리치며 걷는 것이었다.

17

발자국을 따라가자 보이는 것은 어느 정도 상태가 멀쩡해 보이는 주거용 컨테이너였다. 안쪽에 있어서인지는 모르겠지만 눈이 묻은 자국이나, 성에가 낀 흔적이 별로 없었다.

"여기에 있을까?" 민성이가 물었다.

"그냥 들어가 보자." 내가 말했다.

우리는 불안한 마음을 누르며 컨테이너의 문을 열어젖혔다. 안쪽은 생각보다 깨끗했다.

"여기 무엇인가 있는 것 같은데…"민성이가 손가락으로 낡은 테이블 위를 가리켰다.

우리는 테이블 앞으로 다가갔다. 그 위에는 2권의 노트가 있었다. 한 권의 노트 위에는 흐릿한 글씨로 '공사일지'라고 쓰여 있었다.

"이게 뭐지?" 하며 내가 그것을 펼쳤다.

'20XX년 8월 26일. 오늘의 업무 : 공사 예정지의 지반 조사 및 기초공사 준비. 책임자: 서경필

시공 인원: 14명…….' 날짜는 5년 전으로 되어있었다.

"그럼 이건 저 산장이 만들어질 때의 기록이네." 민성이가 말했다.

"야, 그런데 여기 보면." 내가 일지의 옆면을 보여주며 말했다.

"이 특정 페이지만 조금 더럽지 않냐?"

"어? 그러고 보니…" 민성이는 그렇게 말하며 그 페이지를 펼쳤다.

'20XX년 9월 4일.

오늘의 업무 : 새로운 공사지 탐색.

책임자 : 서경필

시공 인원 : 14명

'공사 예정지였던 이곳 분지의 공간 협소로 인해 다른 곳으로 위치를 바꿀 예정임. 예정 변경으로 기간과 예산에 무리가 갈 것이 우려됨.'

'20XX년 9월 6일.

오늘의 업무 : 새로운 공사지에 기초 공사.

책임자 : 서경필

인원 : 14명

'협곡 건너에서 짓기에, 충분한 공터 발견. 그곳을 새 공사지로 하여 공사 재시작. 다음에 먼저 할 일은 협곡을 건너는 다리를 견고한 것으로 교체하는 것임.'

우리는 그것을 읽는 데 신경이 팔려 뒤쪽에서 누군가 살며시 들어오는 것을 눈치채지 못했다.

'20XX년 9월 10일

오늘의 업무 : 철골 설치 및 기초 전기시설 준비.

책임자 : 서경필

인원: 14명

'새 공사지의 기초 공사가 거의 마무리되어 철골 설치를 시작함. 전기 설비는…'

쾅!

민성이가 나를 밀쳐내자마자 붉은색의 녹슨 파이프가 우리가 보던 테이블을 강타해 두 동강 내 버렸다. 민성이는 조금도 망설이지 않고 뒤쪽의 형체에 주먹을 날렸다. 하지만 그놈은 맞는 소리가 났음에도 약간 움츠러들었을 뿐 이내 나를 향해 파이프를 휘둘렀다. 나는 아슬아슬하게 피했다. 이때, 민성이가 그놈의 등을 향해 돌진했고, 퍽 하고 맞는 소리가 들리더니 그 형체가 비틀거렸다. 그 틈을 노려 내가 파이프를 든 손을 발로 차 파이프를 떨어뜨렸다. 나는 그것을 주워들었다. 하지만 내가 휘두르기도 전에, 주먹이 내 어깨를 가격했다. 나 역시 온몸으로 밀어내며 반격했으나 그놈의 힘이 우위였다. 내가 밀려 바닥에 고꾸라질 때, 민성이가 부서진 테이블 절반으로 그 형체의 뒤통수를 날렸다. 이내 그 형체는 민성이를 향해 고개를 돌렸고, 나는 그 순간을 놓치지 않고 그놈의 뺨에 주먹을 날렸다. 그놈이 뒤로 움찔하자마자 민성이가 달려들어 그놈을 넘어뜨렸다.

"윤석! 라이트로 이놈 얼굴 비춰봐." 민성이가 그 형체 위로 올라타며 말했다.

나는 부서진 테이블 잔해 사이에서 라이트를 주워들고 달려왔다. 민성이는 상당히 힘겨워하며 그놈을 누르고 있었다.

"가만히 있어. 움직였다가는 이 파이프로 너의 뚝배기를 박살 내 줄 테니까." 민성이가 내 손에서 파이프를 빼앗으며 말했다.

내가 라이트를 얼굴에 비추자, 그놈의 얼굴이 드러났다.

일단 가온이었다. 그렇지만 이 녀석이 친구일지 범인일지는 몰랐다.

"뭐 하는 짓이야? 당장 안 내려와!"

"가온? 하지만 일단은 그렇게 있어. 네가 범인이 아니면 광분하는 것도 그만두고."

그러자 가온이가 주머니에서 꼬깃꼬깃 접힌 종이 한 장을 꺼내더니, 내 얼굴에 던졌다.

"그거나 읽어. 내가 그런 망할 놈이 아니라는 것을 알려줄 테니." 그렇게 말하고는 바닥에 드러누웠다.

나는 종이에 라이트를 비추며 읽기 시작했다. 그것은 공사일지는 아니었다.

'20XY년 1월 4일. 마침내 그놈이 온 모양이다. 여기를 지은 서경필 그 놈. 한동안은 놈이 오는지도 몰랐고, 그놈이 내가 죽여야 할 놈이라는 것도 몰랐다. 하지만 기일에 여기에 온 것 덕분일까? 아니면 내 동생이 나를 이곳으로 이끈 것일까? 그렇지만 쉽지 않을 것 같다. 저번에 처음 올 때는 4명 정도밖에 안 오더니, 이번에는 어린놈들 4명까지 인원이 2배인 것 같다. 아무래도 계획을 수정해야겠다.'

"이게 뭐냐?"

"내가 여기 왔을 때 저 낡은 책에서 발견한 일기. 이거면 내가 아니라는 것을 알겠지."

"이걸 네가 위조했는지 아닌지는 어떻게 알아?" 민성이가 외쳤다.

"이건 진짜야. 일단, 가온이와 필체가 다르고, 무엇보다 종이에 지은 흔적이 없어. 재질은 이거랑 같잖아." 내가 공사일지 옆에 있었던 책을 건네며 말했다.

민성이는 한참 동안 그 둘을 번갈아 보더니 나와 가온이를 쳐다보았다.

"그래도 아직은 미심쩍어!" 민성이가 말했다.

"정 그러면…" 가온이는 테이블 조각 속에서 공사일지를 들어서 펼쳐주었다. 나와 민성이는 동시에(물론 손에 파이프는 놓지 않은 채로) 그것에 눈을 옮겼다.

실제로는 1분도 아닐 시간이, 영원처럼 느껴졌다. 그 위에 적힌 내용은…… 이것을 읽고도 가온이를 의심할 사람은 없을 것이었다.

"이제 됐냐? 그러면 내 위에서 나올래? 너 많이 무겁거든." 가온이가 힘겹다는 듯이 말했다.

민성이가 잠시 가온이를 노려보더니, 일어났다. 나는 가온이의 손을 잡고 일으켜 주었다. 그리고는 가온이의 손을 붙잡고 말했다.

"미안했어. 아까…" 내 말이 끝나기도 전에 가온이는 내 뺨을 후려쳤다. 그리고는 "이제 됐어. 새끼야."라고 말했다. 그리고는 민성이의 뺨도 후려쳤다.

그러자 우리 셋은 진심으로 웃었다. 오래간만에 후련하게, 아무 생각 없이 웃는 웃음이었다.

"자, 그럼 가 볼까. 이 일기의 주인 새끼 잡으러." 내가 말했다.

18

'20XX년 9월 14일.

오늘의 업무 : 전기 중계기

공유 시설 설치 책임자 : 서경필

시공 인원 : 14명

'다리 교체가 원활하지는 않지만, 지체할 수 없어 공사 진행. 전기 유도는 성공적. 예산이 늘어날 전망임.'

투두두두… 헬리콥터의 모터가 돌아가는 소리. 어젯밤 7시경 비상 구조 연락이 지상 통신소에 왔고, 웬일인지는 모르겠지만 경찰이 오는 것을 요청했다. 이에 대원 3명과 경찰 2명이 꾸려지고 그 즉시 헬기가 출동했다. 대략 1시간 정도 후, 마침내 산장의 유도등이 보였다. 그리고 조용한 산장이 눈에 들어오자, 조종사의 얼굴에는 두려운 빛이 어렸다.

"당장 달려가서 산장 안에 있는 8명을 구조해 와!"

그 말과 동시에 대원 3명이 산장 안으로 돌진했다. 정문은 열려 있었지만, 긴장해서 그런지 문을 부스다시피 하고 안으로 들어갔다. 그러자 안쪽에는 조금 믿기 힘든 광경이 있었다. 눈을 씻고 봐도 8명이 아닌 9명이, 그것도 처음 보는 얼굴이, 나머지 8명에게 둘러싸인 채 묶여 있었다. 더군다나 붕대로 묶여 있었다.

"이게 무슨…" 대원 중 1명이 입을 떼자, 내가 말했다.

"설명하자면 기니까, 일단 저희 좀 구조해 주시죠. 아, 그리고 이분은 조금 많이 위험한 분이니, 단단하게 묶어서 데려가 주세요."

경찰들은 어안이 벙벙한 표정이었다. 이에 나도 속으로 생각했다.

'하긴, 나도 믿기 힘든데…'

대략 4시간 전…

19

'20XX년 9월 17일.

오늘의 업무 : 주, 부속 건물 건설

개시 책임자 : 서경필

시공 인원 : 14명

'현재 진행 현황은 아무 이상이 없음. 주 건물의 뼈대는 거의 완성된 상태. 거의 완성된 전기 설비를 헬기장과 건물을 연결하는 길에 설치한 조명에 시험. 이상 없음. 노후화된 다리에 대한 우려의 소리가 가끔 들리는데, 심각한 지장은 없을 것으로 보임.'

'안 그래도 예산 부족인데, 다리 교체는 무리일 듯하다.'

안의 모두가 잠들어 있는 산장, 그 속으로 조용히 1명의 그림자가 다가온다. 그 형체는 빠르게 안으로 들어갔다. 그러자 산장은 무슨 일이 있었냐는 듯이 조용해졌다. 10분 정도 뒤, 또 한 개의 형체가 다가온다. 그 형체는 잘 보이지 않는 뒷문으로 들어가더니, 자신의 목표물을 발견하고 의미심장한 미소를 짓는다.

"서경필… 너의 앞에 살인자가 와도 눈치채지 못하다니… 뭐, 더 망설일 것도 없겠지."

그 형체는 누워있던 서경필의 얼굴을 가격했다.

"…!!"

경필 씨는 무엇인가 말을 하려고 했으나, 그 형체가 입을 틀어막아 아무 말도 할 수 없었다.

"네놈의 욕심 때문에 내 동생이 죽었어. 오늘에야, 내 동생이 죽은 지 2년이 되는 해에야 원수를 갚는군." 그렇게 말하며 그 형체는 품속에서 서슬 퍼런 단도를 꺼내 들었다.

"그것이 내 잘못은 아니잖아! 그건 단순한 사고였다고!" 경필 씨가 그 형체의 손을 뿌리치며 말했다.

"그 말을 믿으라고? 나 역시 다리가 끊어지는 것은 정말로 불행한 사고라고 생각했지. 1년 전까지는 말이야. 간만에 동생의 기일에 들렀더니, 네놈이 남긴 공사일지에 더러운 증거들이 가득하더군. 그걸 읽고 결심했다. 너와 함께 동생을 따라가기로."

그는 그렇게 말하며 칼을 휘두르려 했다.

찰칵!

갑자기 범인의 눈에 미칠 듯한 빛이 쏟아져 들어온다. 그 충격이 채 가시기 전에 옆에서 큰 충격이 들어왔다. 어떤 형체가 돌진해 칼을 빼앗고, 그놈을 바닥에 제압했다.

나와 성훈이는 부엌에 서서 그들을 바라보았다. 그놈의 뇌리에는 이런 생각이 스치는 것 같았다.

'뭐야! 이놈은 대체 누구야!!! 그리고 이 빛은 또 뭐야!'

뒷문으로는 가온이가, 정문으로는 민성이가 들어왔다. 계단에서는 나머지 비롯한 동료들이 내려왔다.

"경필 씨. 잠버릇 굉장하네요. 애초에 깊이 잠드는 것은 알았지만, 어떻게 옮길 때 전혀 모를 수가 있지?" 내가 그를 노려보며 말했다.

"뭐…. 뭐…." 경필 씨가 당황한 듯 말했다.

"닥치고, 내려가서 법정 갈 준비 하세요." 성훈이가 말했다.

나는 대략 10분 전, 가온이, 민성이와 헤어져 산장에 왔다. '우선 전기를 끊어 통신소와 산장에 공급되는 것을 막고, 산장에 들어가서 경필 놈의 목만 찔러 버린다. 누군가 방해한다면, 유감이지만 죽여야겠지.' 일기에서 읽은 내용이다.

나는 산장으로 가서 사람들을 몰래 깨워 준비하고, 가온이는 뒷문 쪽으로 크게 돌아 매복하며, 민성이는 정문 뒤쪽에서 기다리기로 했다.

"이제야 이해되네. 왜 그놈이 우리가 라이트를 켰을 때 우리를 발견 못 했는지, 아마 지금쯤 발전소에 있을 거야." 내가 말했다.

"시간이 없어. 곧바로 가자."

그 둘이 밖에서 달리는 동안 나는 조용히 뒷문으로 들어왔다. 물론 올 때 만든 발자국은 깨끗이 없애 버리며 걸었다.

그리고는 우선 원래 가온이가 자던 곳에 있던 상원이와 성훈이를 깨워 조용히 내가 알아낸 것과 가온이가 준 종이, 그리고 범인의 일기를 보여 주었다.

처음에는 엄청나게 놀라는 눈치였다.

"뭐, 그게 말이 돼?" 성훈이는 비몽사몽 한 표정으로 나를 놀리냐는 듯 말했고, 상원이도 마찬가지로 나를 노려봤다.

"이 일기가 다 말해 줄 거야." 그렇게 말하며 일기를 보여주자, 둘 다

정신이 번쩍 드는 듯했다.

"알아들었으면 이 방에서 잠시 기다려. 린 씨랑 영화 씨 부부도 깨워야 하니까."

"도와줄게." 상원이가 말했다.

한 1분 뒤, 원래 2인용이었던 방에 영화 씨 부부가 들어와 4명이 되었다. 린 씨가 가장 어려웠다.

깨우려니 경필 이놈이 깰 것 같았고, 안 깨울 수도 없었다. 결국, 나, 인욱 씨, 상원이가 린 씨를 들고 회합의 방으로 끌고 왔다. 중간에 깨서 정말 놀라기는 했지만, 방 안으로 들어가서 일기와 종이를 보여주고, 대략 1분 정도 말하자 이해했다.

"그래서, 이제 어쩌려고?" 성훈이, 상원이, 인욱 씨가 동시에 물었다.

"확인해야죠. 정말로 우리랑 같이 지낸 사람이 그런 새끼였는지." 내가 대답했다.

"자, 이게 작전이에요. 우선 저는 부엌에, 린 씨와 나머지 사람들은 2층으로 올라가는 계단의 뒤쪽에서 기다려주세요. 정문과 뒷문에는 각각 민성이와 가온이가 올 겁니다. 일단은 잠시 경필 씨가 정말로 우리가 읽은 행위를 했는지 알아야 해요. 2년간 그 사실을 숨겼다고 하면, 아마 우리가 어떤 방법을 써도 말하게 하지는 못할 거에요. 그러니 직접, 범인과 마주한 상태라면 그 입을 열겁니다. 저는 부엌에서 핸드폰 녹음기를 가지고 대기하겠습니다. 증거가 잡히거나, 경필 씨가 위험하다고 판단되면 린 씨는 그놈을 무력화시켜 주세요. 흉기를 들고 있을 것이 확실하지만, 기습이니 그렇게 어렵지는 않을 것입니다."

"Hey, 장난하냐? 어두운 상황에서 그걸 어떻게 판단하냐? 그리고 어두우면 빗나갈 텐데…"

그것쯤은 미리 생각해 놨다. 공돌이!

"제가 맡죠. 여길 봐주세요."

성훈이는 바닥을 손으로 짚으며 말했다.

"여기가 거실이면 여기가 부엌. 거실과 마주 보죠. 거실을 중심으로 왼쪽에 계단이 있어요. 만약 위험한 상황이 되면 제가 부엌에서 라이트를 놈에게 강하게 비출게요. 분명 당황해서 저를 쳐다볼 겁니다. 린 씨는 이걸 신호로 보시고 돌진하세요."

"죽을 확률은 훨씬 덜하겠네." 인욱 씨가 말했다. '부디 빈정거림이 아니기를…'

"나머지 분들은 상황을 보시며 린 씨가 나서시거나, 불이 켜지면 즉시 놈을 포위해주세요. 밖으로 나가지 못하게만 하면, 저희가 몸싸움으로 제압할 수 있을 것입니다.

잠깐의 침묵.

"그럼 동의한 거죠. 불만이 없으니까." 내가 능청스럽게 말했다.

"이걸 우리가 따를 거로 생각해?" 상원이가 말했다.

"만약 가온이에게 아무 죄책감이 없거나, 누구나 죽든지 헬기 타고 가면 된다는 사람이거나, 이 산장의 진실을 알기 싫으신 분들이라면 여기서 주무시고, 문은 안에서 잠그세요." 내가 말했다.

…

잠시 조용하다가 영화 씨가 말했다.

"가온이에게 미안하니까 나는 참가할게."

상원이도 잠시 움찔하다가 말했다.

"나는 너랑 가온이랑 여기 다시 오고 싶으니 할게."

"아내가 하는데, 나도 해야지. 남편 체면이 있지." 인욱 씨도 말했다.

"나는 이곳의 진상이 궁금하거든." 성훈이도 말했다.

"어휴… 나는 여기에 일어나는 모든 사건의 책임자인데, 이대로는 해고겠지. Me, too."

모두 찬성이었다. 솔직히 이렇게 잘 될지는 몰랐는데… 아무튼 다행이다.

"빨리 준비하자고. 그놈이 언제 올지 모르잖아." 성훈이가 말했다.

모두 동시에 자리에서 일어났다.

20

'20XX년 9월 25일.

오늘의 업무 : 주 건물 1층 2차 공사 및 부속 시설

공사 책임자 : 서경필

시공 인원 : 12명

주 건물의 1차 공사가 끝났다. 이제 2차 공사에 돌입해 내부 시설 공사 및 전기시설 공사를 할 예정임… 그리고 협곡을 있던 다리가 끊어짐. 부상자는 없지만, 사망자 1명

이것은 가온이가 준 종이. 필체와 글씨 색이 완전히 다른 것을 보아, 다른 사람이 조금 시간이 지난 뒤 적은 듯하다. '이날, 경필 놈이 내 동생을 협곡 아래로 던져버렸다. 모두 이야기했다. 다리가 불안하다고. 하지만 그놈은 안전하다며, 문제없다며 강행했다. 결국, 그놈은 내 동생을 죽였다. 고작 자기 욕심 때문에. 초과예산을 몇 번을 넘겨 빼돌린 걸까? 한 15억? 동생의 기일에 여기 와서, 읽은 일지는 나에게 모든 걸 알려주었다. 동생아, 내년. 그놈을 죽여주마. 그리고 너를 따라가마.'

나랑 상원, 린 씨가 경필 씨를 거실로 옮기고, 성훈이는 딱 하나 남은 라이트에 3배 되는 전압을 설치했다. 그리고는 어두운 산장 안에서, 숨소리 하나 내지 않고 대기를 시작하자마자 뒷문에서 발소리가 들려왔다. 나는 손에 핸드폰을, 성훈이는 라이트를 대기했다. 솔직히 나도 경필 씨의 진실이 이것이 아니기를 바랐지만, 알게 된 이상 어쩔 수 없었다.

이후의 일은 이미 말했을 것이다. 그놈의 무기를 빼앗고, 제압한 뒤에

우리는 그를 에워쌌다.

"이제 포기하시죠. 당신은 흉기도 없고, 1대 8인 상황이에요. 절대로 당신은 이길 수 없어요."

잠시 그 형체는 멈칫하더니, 갑자기 실성한 듯 크게 웃기 시작했다.

"크… 크크큭…"

"뭐야, 미쳤어?" 민성이가 말했다.

"크하하학." 웃음은 계속됐다.

"야, 뭐 하자는 거야!" 민성이가 이렇게 말하며 그에게 다가갔다.

"뭐, 어차피 여기는 5분 후면 터질 텐데, 다 같이 저승길 동무나 되자고!" 그놈이 외쳤다.

순간이었다. 여러 생각이 나와 친구들, 린 씨와 경필 씨, 영화 씨 부부를 사로잡았다. 놈이 원했던 것은 그것이면 충분했다.

파악.

뼈 때리는 듯한 소리와 함께, 린 씨가 주춤했고, 놈은 몸을 일으켜 칼로 돌진했다.

순간, 7명이 동시에 움직였다.

"성훈, 가온, 민성! 너희는 여기를 빈틈없이 수색해! 찾아내면, 그 즉시…." 내가 외쳤다.

"해체해 버리도록 하지." 성훈이가 말함과 동시에 그 셋은 밖으로 뛰쳐나갔다.

놈이 칼을 잡기 직전, 인욱 씨가 칼을 걷어찼다. 이에 인욱 씨의 얼굴로 주먹이 날리기 직전, 나와 상원이가 놈을 잡고 내리꽂았다. 이어 린 씨가 그놈의 얼굴에 주먹을 날렸다.

빡!

아까 들었던 소리보다 조금 큰 소리가 나는 듯하더니, 놈이 축 처졌다.

"영화 씨, 인욱 씨, 여기 안에도 있을지 몰라요. 수색해주세요."

즉시 인욱 씨는 거실을 뒤지기 시작했고, 영화 씨는 2층으로 올라갔다.

'이제 이해가 되네. 내가 더 빨리 와서 다들 설득할 시간이 있었던 이유가…'

슬금슬금 경필 씨가 움직이려고 하자, 내가 말했다.

"도망치면 저의 친구들을 포함한 세계 전부, 특히 상원이의 아버지가 당신을 죽이러 갈 겁니다. 닥치고 짜져 있어." 마지막에는 약간 살의를 담아 말했다.

경필 씨는 움찔했다가 이내 체념한 듯 고개를 푹 숙이고 앉았다.

"찾았다. 2층의 벽 틈 사이에 있었어!" 영화 씨가 달려 내려왔다. 손에는 딱 봐도 불길해 보이는 기계 장치가 들려있었다. 영화에서 흔히 보던 타이머는 아쉽게도 달리지 않았다.

"우리도!" 정문으로 성훈이와 가온이가 들이치며 말했다. 뒷문으로는 민성이가 들어왔다. 각자 손에 똑같이 생긴 폭탄 1개씩을 들고 있었다.

"영화 씨! 이리 주세요. 경필 씨, 정상참작 받고 싶다면, 이 드라이버 받고 폭탄 해체하세요. 허튼수작 부렸다가는 폭탄에 묶어 협곡 아래로 던져버릴 겁니다." 민성이가 그를 협박했다.

성훈이는 능수능란했다. 폭탄의 덮개를 열더니, 선의 배치를 30초쯤 보더니 선 몇 개를 끊었다.

그 즉시 회로가 닫혔다. (계속 흘러나오던 신호음이 없어졌다) 경필 씨 역시 내키지는 않는 표정으로 회로를 난도질했다. 2분도 지나지 않아 모든 폭탄이 해체되었다.

"후유…" 모든 사람이 한숨을 내쉬었다.

"큭…." 잠깐이기는 했지만, 이상한 웃음소리를 들을 수 있었다. 불길한 예감에 나는 그놈을 바라보았다. 그런데, 갑자기 그놈의 말이 기억났다.

'그리고 너를 따라가마.'

즉시 그놈에게 달려가 옷을 걷어 올렸다. 몇몇 사람들이 "뭐해?"라고 말하는 순간 가장 두려운 것이 보였다.

놈은 산장 주위에만 폭탄을 놓지 않았다. 하나를 자신의 몸에 붙여 놓았다.

21

놈은 생각보다 훨씬 빠르게 반응했다. 즉각 옷을 내리고, 도망치려고 했다. 하지만 린 씨는 놈의 어깨를 붙들었다. 내가 놈의 다리를 잡으며 말했다.

"들어 올리는 즉시, 폭탄을 놈에게서 분리해!" 나와 린 씨는 동시에 그를 들어 올려 팽팽하게 당겼다. 성훈이와 상원이가 즉시 폭탄을 고정한 버클과 이음새를 뜯어냈다.

"해체할 시간이 없어!" 가온이가 말했다. 사실이었다. 이미 채 1분 남짓, 무엇보다 전의 폭탄들보다 10배는 정교했다. 분신할 생각으로 훨씬 강한 폭탄을 들고 온 것이었다.

나는 생각할 시간이 없었다. 즉시 그것을 들고 밖으로 나갔다. 곧바로 창고 앞에 세워진 스노모빌(아마 범인이 타고 왔겠지만, 이런 걸 생각할 시간이 아니었다.)에 올라타 협곡으로 가장 빠르게 몰았다.

눈을 가르며, 한 손으로는 핸들을, 한 손으로는 언제 터질지 모르는 폭탄을 쥔 채 미친 듯이 앞으로 달려갔다.

실제로 달리는 시간은 아마 30초도 되지 않았지만, 영원처럼 느껴졌다. 이번에는 진짜로 영원 같았다. 그러나 체감상 영원한 시간 동안 내 머리를 스친 생각은 하나뿐이었다.

'겨우 해피엔드 직전까지 왔는데, 이렇게 끝나는 건 질색이야!'

위의 생각이 머리에서 100,000번쯤 울릴 무렵, 앞에 검은 협곡이 나타났다. 2년 전 내 여행을 망친 이유가 된, 그 동생을 삼켜 버린 곳. 이곳에서 시작됐으니 여기서 끝나면 좋겠다.

"이것도 처먹어라!" 이렇게 외치며 나는 모빌의 엑셀에 폭탄을 올려 고정하고 옆으로 뛰어내렸다.

앞으로 한 5m쯤 미끄러지며 나는 정지했고, 모빌은 굉음을 내며 앞으로 달리더니, 검은 협곡 아래로 던져졌다. 나는 귀를 틀어막았다. 그 즉시, 막은 귀를 뚫으며 거대한 폭발음이 들려왔다.

눈앞이 잠시 강한 빛으로 가려졌고, 엄청난 반동을 공기로도 느낄 수 있었다.

폭발의 반동으로 옆의 다리가 뒤틀렸고, 땅이 울리는 듯했다. 잠시 멈추는 듯하더니, 이틀간의 폭설로 쌓인 눈이 흐르기 시작했다.

폭발로 눈사태가 일어났고, 나는 그 바로 위에 있었다. 나는 이걸 감지하자마자 일어서 달리기 시작했다. 전력으로 달렸지만, 눈이 흐르는 속도는 나보다 훨씬 빨랐다. 이내 내 발은 흐르는 눈 속에 갇혀 버렸다. 나는 헤엄치듯 계속 달렸으나 결국 중심을 잃고 말았다.

'이런 씨X'

이것이 하얀 눈 속에 매몰되기 전에 마지막으로 한 생각이었다.

모든 게 끝났다고 생각한 순간

부우 우우.

모빌의 굉음이 들리더니, 앞으로 헤엄치듯 뻗은 손에 강한 힘이 느껴졌고, 눈에서 빠져나왔다.

"킥, 커 헉."

"꽉 잡아, 눈사태를 벗어나야 하니까." 상원이의 목소리였다.

머리를 바르게 흔들어 눈을 떨쳐내자 보이는 것은 린 씨와 상원이가 타고 있는 것이었고, 눈사태가 옆쪽으로 진행되기 전에 빠져나가려는 모빌이었다.

"정신이 들어? 너 뛰쳐나가고 바로 따라왔다." 상원이가 말했다.

"아… 고마워."

"전에 통신소에서 진 빚은 없는 거, OK?" 린 씨가 말했다.

물론 여기서 살아남으면 그렇게 할 생각이었다.

상원이는 눈사태가 거의 시작되지 않은 부분까지 달리더니 핸들을 90도로 꺾어 산장을 향했다. 모빌은 약간 눈 속으로 들어가나 싶더니 곧 안정되어 우리를 산장까지 데려다주었다.

내리자마자 모두 뛰어오더니 나를 한 대씩 쥐어박았다.

그러더니 하는 말이

"만약, 네가 죽었다면 너는 내가 장례식도 안 치러 줬을 거야." 나를 가장 세게 친 민성이가 하는 말이었다.

잠시 뒤, 서로 약속이라도 한 듯 다 같이 끌어안았다. 저쪽 구석에 묶여 있는 범인과(붕대로 묶여 있었다.) 멍하니 땅만 쳐다보고 있는 경필 씨만 빼면 말이다.

그러더니 다들 웃기 시작했다. 다들 산 것이, 이 일이 믿기지 않는다는 듯 웃고 환호했다. (물론 그 둘은 빼고.)

잠시 뒤, 실컷 웃더니 성훈이가 말했다.

"통신소로 가자. 이제 여기를 슬슬 뜨자고요."

"발전소부터 연결해야 할 텐데…" 내가 말했다.

"그럼 둘 다 하자고." 그렇게 말하며 성훈이는 문을 향했다.

"같이 가야 할 필요는 없지?"

"이제 더는 못 믿을 요인은 없으니까." 성훈이가 대답했다.

"발전소는 내가 갈게." 린 씨가 말했다.

"경찰도 불러라. 저 둘을 데려가야 하니까 인원 1명 늘었다고 전해죠." 영화 씨가 말했다.

22

투두두두. 투두두두. 저 시끄러운 헬기 소리에도 잠을 잘 수 있다는 것이 놀라웠다. 사실 어젯밤을 완전히 깬 채로 액션 영화를 찍었으니 놀랄 일도 아니었다. 주변을 보니 완전 코를 고는 민성이와 그 옆에서 귀를 틀어막은 채로 있는 가온이, 서로의 어깨에 기댄 채로 자는 영화 씨 부부, 아직도 깨서 일기를 쓰고 있는 성훈이(물론 눈은 엄청 빨간색이다.), 그리고 아빠에게 전화해 자초지종을 설명하느라 진땀 빼는 상원이.

겨우 여기까지 왔다. 새삼 그 일이, 서로 못 믿고, 쫓아내고, 파이프 휘두르고, 폭탄 터지던 것이 단지 8시간 전이라는 것이 믿기지 않았다.

"어쨌든 살아남았다." 내가 중얼거렸다.

뒤쪽의 헬기에는 경찰이 두 피고인을 데리고 오는 중이었다. 내려가는 즉시 재판일 것 같다.

"상원아, 네 덕분에 아주 아스트랄했다. 계획했던 겨울 스포츠는 거의 못 즐겼지만, 그보다 만 배는 익스트림한 겨울이었어." 내가 말했다.

"후유…" 전화를 끊은 상원이가 한숨을 내뱉었다.

"왜?"

"아무래도 저 산장에는 다신 못 갈 것 같아서."

"그런가? 성훈, 너는 어때? 다시 가고 싶다며."

"이 멤버라면 다시 갈게. 솔직히 내가 너희를 살린 적, 꽤 있다." 성훈이가 벌써 지분을 따졌다.

"그런 얘기는 내려가서 술 한잔하며 하자고." 그렇게 말하더니 상원이는 다시 누웠다.

"그러자고." 성훈이는 이렇게 말하고는 고개를 뒤쪽에 대자마자 잠들었다.

나도 자려는데, 갑자기 든 생각이 있어 가온이에게 말을 걸었다.

"가온, 질문이 2가지 있어. 첫날 밤에 그리고 통신소 수리할 때, 뭐 하고 있었어?"

"첫날 밤에는 배고파서 나왔는데…"

"진짜였냐?"

"부엌에서 밖을 보니 누군가 있는 것 같아서. 그 형체가 어딘가로 가고 있더라. 수리할 때는 그게 뭔 관련이 있나 해서 가 봤어."

"그래서… 발견한 거였냐?"

"어. 위치만 발견해서 알려주려고 왔는데, 아직 안 잊었다." 가온이가 나를 노려봤다.

"쏘리쏘리. 내려가서 술 한잔 살게."

"일단 내려가면 호텔부터 가야겠어." 가온이는 그렇게 말하고는 민성이의 코를 한번 잡아 비틀더니 팔을 베고 자기 시작했다.

모두가 잠들어 있는 헬기에서, 마지막으로 나는 잠들기 직전, 이렇게 생각했다.

'뭐, 나쁘지 않은 마무리야.'

착륙까지는 2시간 남았다. 그 시간까지는 잘 수 있을 것이다.

끝.

2021 우주이발소

발　행 | 2022년 01월 10일
저　자 | 동북중학교 우주이발소
펴낸이 | 한건희
펴낸곳 | 주식회사 부크크
출판사등록 | 2014.07.15.(제2014-16호)
주　소 | 서울특별시 금천구 가산디지털1로 119 SK트윈타워 A동 305호
전　화 | 1670-8316
이메일 | info@bookk.co.kr

ISBN | 979-11-372-6976-7

www.bookk.co.kr
ⓒ **동북중학교 우주이발소 2022**